W0199763

ODILE L'ÉTÉ

DE LA MÊME AUTRICE

Mr., Denoël, 2011

Alice, Denoël, 2015

La Maison, Flammarion, 2019

L'Inconduite, Albin Michel, 2022

EMMA BECKER

ODILE L'ÉTÉ

julliard

FAUTEUSE DE TROUBLE
Une collection dirigée par Vanessa Springora

Conception graphique de la couverture : Valérie Gautier

© Éditions Julliard, Paris, 2023
ISBN : 978-2-260-05511-2
Éditions Julliard – 31, rue Étienne Marcel 75001 Paris

J'ai rêvé d'Odile cette nuit. C'est assez rare pour que je le note. Petite, je rêvais beaucoup d'elle, comme de mes parents ; c'étaient les rêves les plus graves de ma vie, et puis ça m'est passé. Ce qui devrait m'étonner, c'est de ne pas retrouver Odile en rêve plus souvent.

Nous étions dans un immense appartement à Rome, ville où je n'ai jamais foutu les pieds, mais dans mon rêve, ça ressemblait à Nice, la même lumière, la même odeur, et j'ai su, avant de la voir, qu'Odile était là. Je l'ai sentie. Je me baladais, croisant des gens que je connaissais et qui n'avaient aucune raison de se trouver là, et un parfum, comme un long ruban, me reliait déjà à Odile. Au détour d'un couloir, me voilà dans une chambre où des couples copulent, on entend des glapissements qui sonnent faux, c'est la musique polie de l'échangisme mondain, chacun essayant de donner un beau spectacle, l'attention vite lassée, tournée vers le public. Je me pose contre le bord d'une crédence, un verre à la main (je me fais la réflexion qu'il faudrait ralentir ma consommation, comme si j'étais à vingt centilitres d'être aspirée dans la mêlée). Et soudain, se détachant de la foule, voilà Odile qui débarque, vêtue de velours noir, étend un bras autour de moi, m'embrasse une joue : *Qu'est-ce que tu fais là ?*

Je ne sais pas, Odile, je crois qu'au début, je devais aller chez mon comptable.

Ha ! Toi aussi ? Odile se marre, allume une cigarette. Il se trouve que notre comptable, car c'est *notre* comptable, a déménagé, on ne sait pas trop où, et impossible de savoir ce que font tous ces gens ici, mais on pensera à notre déclaration d'impôts plus tard.

Tu m'avais manqué, dit Odile, et avant que je puisse lui répondre, elle a déjà disparu, il ne reste d'elle que le souvenir de son visage planant au-dessus du mien, les quinze centimètres desquels Odile me surplombe l'ont gravée en moi comme une statue, une autorité vaguement inquiétante et à laquelle je pensais souvent le soir, avec gravité.

Dans un dédale de pièces je commence à la chercher, elle a laissé un sillage que je reconnais les yeux fermés, bousculant des gens qui boivent debout dans les couloirs, dépassant d'autres que je crois reconnaître. Je ne me rappelle plus exactement, mais en me réveillant c'était très clair, j'étais excitée, j'ai dû croiser, dans cet enchevêtrement de salles, d'autres gens qui baisaient ou essayaient de le faire, j'ai le vague souvenir de m'y être collée un peu moi-même (une fille avait sa main autour de mon cou), j'ai senti tout de suite un appétit impossible à satisfaire qui portait la marque d'Odile. Dans la foule j'ai cru apercevoir son chignon haut, cette mèche à l'intérieur, presque blanche, qui depuis l'enfance n'a jamais foncé. Mais Odile s'est fait la malle et je me suis retrouvée à la porte de cet appartement romain, sans mes chaussures (je les avais enlevées pour monter sur une méridienne), et je savais que la porte ne s'ouvrirait plus jamais pour moi. Dehors, c'était l'Italie et le sud de la France mélangés, petit matin mauve, je devais aller bosser, mais en plus des chaussures j'avais perdu mon sac, mon téléphone et mes papiers, et j'errais sans trop savoir quel métro ou quel taxi chercher, lorsque j'ai vu des affiches placardées sur un mur ; des avis de recherche pour des personnes disparues depuis longtemps, que je venais de croiser dans l'appartement. J'ai compris alors que tous ces gens étaient morts, et que ce lieu, d'une façon ou d'une autre, était un monde parallèle, qui parfois, sur une impulsion mystérieuse, entrait en collision avec le nôtre. Il y avait Odile sur une de ces affiches, ce qui m'a glacé le sang.

En me réveillant, j'ai pensé que ce rêve ferait un film absolument génial, le scénario me semblait tout écrit ; mais un peu comme les rêves érotiques, dont on émerge avec le besoin vital de se faire jouir, avant de réaliser que les images s'affadissent et s'évaporent à chaque minute qui passe, ce rêve-là a perdu sa logique implacable, et il ne m'en est resté qu'une chose : la présence d'Odile, ce présage sombre incarné par l'avis de recherche, et la nécessité absolue de lui parler.

C'est complètement con, parce que je suis amie avec Odile sur Facebook depuis une dizaine d'années. Nous ne nous parlons jamais, mais ce que je savais jusqu'à présent me suffisait, Odile vit dans le Midi après des années d'études à Paris, elle est mariée, elle a une fille, elle semble s'être établie, un peu comme je me suis établie moi-même, en dépit de tout ce que nous avons pu vivre ensemble, il y a longtemps. Je sais qu'elle est en vie. Je sais qu'elle va bien. Mais j'ai rêvé d'elle et brusquement j'ai une faim terrible de sa voix, du Midi, de sa maison cachée sous les arbres, où nous allions chaque été, puisque l'amitié entre nos parents faisait de nous des meilleures amies. Et puis je me souviens, aussi, d'avoir haï Odile. C'est une haine un peu morte en moi et qui m'intrigue, là, maintenant, alors je regarde des photos d'elle, cette haine semble se cristalliser sur la fossette au coin de sa bouche ; c'était la fossette qui apparaissait lorsque je me faisais attraper la main dans le sac à cause d'une de ses bêtises et qu'on me prenait pour le mauvais sujet, l'influence délétère. J'ai traîné cette fossette comme un point de côté constant, au fil des ans, depuis la maison du Sud jusqu'au lycée où nous avons été, deux ans durant, réunies. Ma mère, je crois, n'en était pas dupe, il lui arrivait de me dire, sur le trajet du retour en voiture, qu'Odile était une sale gosse ; la fossette avait une malice toxique, celle des gamins qu'on ne peut jamais vraiment prendre en faute et qu'on devine, pourtant, à l'origine de chaque dispute.

Un œil extérieur aurait pour cette fossette une appréciation complètement différente ; je n'ai jamais connu un homme qui ne trouvait pas Odile jolie, c'est peut-être une partie de mon ressentiment pour elle ; on a trouvé Odile jolie bien avant moi, elle avait, même enfant, une espèce de paresse dans les traits qui semblait prédisposer à une future lascivité. Ses parents ne lui coupaient pas les cheveux, contrairement aux miens. Un commentaire de mon père, qui me croyait endormie sur la banquette arrière, est resté longtemps dans ma tête (il n'en a jamais disparu) : *Odile sera très jolie plus tard.*

Les photos d'elle ne contredisent pas mon père, pas plus que les souvenirs que j'ai d'elle à seize ans – Odile est une très jolie femme. Mais je ne l'ai pas vue en mouvement depuis tant d'années, je me rassure en me disant qu'elle fait peut-être partie de ces gens qui au lycée avaient un succès fou et ont perdu en grandissant une partie conséquente de leur panache.

Odile m'ouvre la porte de chez elle et c'est comme si nous ne nous étions jamais quittées ; cette sensation tiède d'amitié, teintée de défiance. Elle est seule, son mari est en voyage d'affaires, sa fille est chez ses parents. Les planètes se sont bien alignées, je ne sais pas ce qu'on aurait fait de moi, quelles histoires on aurait pu raconter, autour de la grande table du salon.

Odile est toujours aussi grande, mais j'ai, de mon côté, fait la paix avec cette impression constante de marcher dans son ombre. Il me plaît de constater qu'elle a grossi du cul, et que les fleurs en vase qui constellent le rez-de-chaussée ne sont pas celles que j'aurais choisies pour chez moi, des arums multicolores, à vrai dire exactement ceux que je me rappelle avoir vus toute mon enfance, ces cônes dont émergent un pistil jaune ou mauve, que je prenais plaisir à casser entre deux doigts lorsque Odile avait décidé de bouder.

L'Odile dont je me souviens le mieux fait un mètre quarante et a toujours une excellente raison de bouder. C'est un trait de caractère que ses parents doivent exacerber d'une façon ou d'une autre, parce que dès que nous arrivons pour déjeuner le dimanche, sa mère soupire qu'Odile est dans sa chambre, ou bien dans le jardin, *on l'aura contrariée sans le vouloir, cette gamine est impossible.* Et effectivement, lorsque je vais taper à sa porte, où une affichette d'hôtel défend en permanence de déranger, Odile sort le museau dans l'entrebâillement, murmure « Ah c'est toi », me fait entrer furtivement comme si j'étais suivie d'une foule qui lui en voulait. À cette époque-là, elle écoute Céline Dion ; on s'en fait des karaokés qui dégénèrent en spectacles pour les parents lorsque le dîner est fini, le clou du show, c'est un duo entre Céline et Goldman, je suis le Jean-Jacques tout désigné, ce qui m'énerve parce que les meilleures vocalises, c'est Odile qui se les réserve, je ne sers qu'à la mettre en valeur. C'est toujours comme ça, avec Odile, elle choisit les meilleurs déguisements, passe des heures à se maquiller, mais me salope le boulot lorsque c'est mon tour, comme si elle avait très peur de briller moins que les autres. Odile, petite, est très jalouse, et lorsqu'elle sent les projecteurs se détourner un peu, elle préfère disparaître, jusqu'à ce qu'on se languisse d'elle.

De la même façon, Odile décide à quoi l'on joue et quand. Elle a des tas de jouets que je n'ai pas, comme la fabrique à bonbons du Professeur Horribilus ; c'est un cadeau que je demande en vain au père Noël depuis deux ans, je ne pense à rien qu'à y jouer lorsque nous allons chez elle, et Odile, qui a senti ma fébrilité, se fait un malin plaisir de me dire « On y jouera, d'accord, mais pas tout de suite, pas encore » et les heures défilent sans que nous fabriquions le moindre bonbon en forme d'araignée. Odile essaie de me refiler d'autres jeux, des vestiges des Noëls précédents auxquels il manque des piles et des pions, elle me les colle entre les pattes comme à un gosse qu'on espère faire dévier de son but ultime, avec un regard las. Odile n'aime pas trop partager.

Odile et moi, petites filles, courons dans le maquis qui entoure sa maison, elle habite à l'époque dans cette même grande villa à Cavalaire. Nous disparaissons des heures à la recherche d'un semblant de grotte planquée derrière un buisson de lentisque, une lampe torche à la main, et c'est là, pour la première fois, que nous inventons ce jeu qui nous tiendra en haleine jusqu'à la fin de notre adolescence – le petit copain et la petite copine. Au début, ces explorations n'interviennent que dans notre caverne ; l'obscurité et la fraîcheur nous préservent de ce que nous sommes en train de faire plus que du regard possible des autres. C'est une bulle dans laquelle nous nous fondons des heures entières, avant de ressortir comme si rien ne s'était passé, comme si nous venions de faire une partie de ballon, et nous n'en reparlons jamais, jusqu'à la fois d'après.

Mais peu à peu la grotte s'invite dans la chambre d'Odile, la première fois c'est un jour de pluie, il est impossible de sortir mais les heures sont longues, et Odile à court d'idées (je suis son invitée, c'est à elle de décider de notre sort) soupire : « On n'a qu'à dire que je serais un garçon et toi tu serais une fille et on serait amoureux... »

Phrase d'introduction que j'attends chaque fois religieusement, espérant qu'arrivent enfin ces moments de battement où aucun jeu sain ne nous vient à l'esprit.

Je n'ai jamais compris pourquoi Odile, qui était la féminité même, qui n'aurait échangé son rôle de Céline Dion contre rien au monde, endossait constamment celui du garçon dans nos jeux clandestins. Il faudrait que je lui demande, peut-être aurait-elle, maintenant qu'elle est mariée et mère, une réponse intéressante à me fournir.

Lorsque nous sommes chez moi, par pudeur je reproduis le même cycle, j'attends patiemment que l'ennui nous assaille pour proposer, comme si j'avais sincèrement exploré chaque possibilité : « Bon, ça te dit de jouer que tu es le garçon et moi je suis une fille... ? »

Parfois Odile, la garce, lève les yeux au ciel : « Encore... ? Oh non, la barbe... »

Odile aimerait mieux une aventure dans le jardin, elle préfèrerait emmerder le chien des voisins, qui saute aussi haut qu'il le peut pour passer au-dessus de la clôture. On n'aurait pas un ballon, ou un matelas gonflable pour jouer dans la piscine… ? Tout, plutôt que ce jeu imbécile qui finit d'une façon propre à nous envoyer en enfer.

Mais parfois Odile dit oui.

Le midi, lorsque nos parents déjeunent au jardin et nous oublient un peu, je relis les *Mickey Magazine* datant d'avant notre naissance, pendant qu'Odile, pour qui la lecture est alors un sport de snob, s'affaire à ne jamais quitter mon champ de vision. Ça l'irrite, de passer au second plan ; elle soupire, glisse ses doigts entre mes pages, suggère que nous inventions des histoires, dans la grosse Jeep militaire que conduit son père en été. La voiture, garée devant, est le temps d'une saison délestée de son toit, de ses portières et de son pare-brise. Les mômes qui déboulent en même temps que les amis des parents d'Odile s'y glissent et inventent des expéditions dans la jungle, au milieu des dinosaures et des fourmis mangeuses d'hommes ; lorsqu'ils ont fini, c'est Odile et moi qui prenons place, avec notre éternel scénario d'étudiants tombés en panne sur le bord de la route.

Assise derrière le volant, Odile tente de remuer le levier de vitesse. « Rien à faire, quand ça veut pas, ça veut pas », soupire-t-elle. Elle se hisse sur le capot, feint d'écouter le grondement du moteur éteint. Paraphrasant son père, qui est mécanicien pour voitures anciennes, elle lâche, accablée, « C'est la courroie de transmission ». Ça et le réservoir vide, nous sommes foutues, il faut qu'Odile se salisse les mains pour espérer nous sortir de là. Elle relève le capot, initiative qui lui vaudrait une taloche si son père n'était pas soûl devant une grappa à quelques mètres de là ; elle crache par terre, toute à son imitation de l'homme. Et Odile, menue, blonde comme les blés, avec des cheveux trop longs et toujours d'adorables petites robes à smocks, prend alors une attitude confusément mâle, quoi que cela puisse vouloir dire, qu'elle accentue en faisant saillir ses biceps. Elle retire sa robe, la pend sur son épaule comme un torchon de mécano. Et les traits de son visage si fin changent, la ligne de sa mâchoire attrape le soleil, elle me jette des regards torves, une imitation de concupiscence.

(Je me suis demandé, souvent, où nous avions appris ces bribes de séduction hétérosexuelle, que nous imitions exactement. Lorsque je lui en parle, Odile évoque sans hésiter Bruce Willis dans *Die Hard*, il est évident que ces films, devant lesquels on nous plantait le soir le temps de préparer le dîner, ont laissé dans son imaginaire une empreinte indélébile. C'est marrant qu'elle ne pense pas à son père, qui ressemblait un peu à Bruce Willis, justement, et réparait de vieilles Rolls dans la cour de la maison le week-end, une bière à la main.)

Et puis, au bout d'un moment, le verdict tombe, terrible : « Le moteur est cuit, il faut appeler une dépanneuse. » Odile a tout essayé, rien à faire, même un plein d'essence ne nous sauvera pas. Elle se rassied à côté de moi derrière le volant, après avoir simulé contre le grand pin parasol un appel furieux à une société de remorquage. « Qu'est-ce qu'on fait, en attendant ? » se demande-t-elle à haute voix, avant de tourner vers moi un visage qu'il faut imaginer couvert de cambouis, de sueur, dépourvu de cette cascade de cheveux blonds retenue par un nœud rouge.

Je suis la fille, je ne sais pas quoi faire non plus, maintenant, c'est sûr, nous n'arriverons pas à temps à notre bal de fin d'année. J'ai mis ma robe de débutante pour rien.

— Elle est très jolie au fait, cette robe, note Odile avec un regard pénétrant sur mes cuisses.

— Merci, réponds-je en jouant avec les volants de ce qui est, à cette époque, ma robe d'été favorite, avec des motifs provençaux.

C'est là qu'Odile se penche vers moi, lentement, comme dans les films, ouvrant mes lèvres des siennes pour y introduire sa petite langue de serpent, au goût métallique. Ce baiser, c'est devenu notre cloche de départ – aucun de nos jeux secrets ne pouvait commencer sans ce simulacre de romantisme. Plus tard, conscientes de ce que nous faisions et qui n'était absolument pas un jeu, nous avons conservé cette délicatesse, mais presque par habitude lasse, pour passer sans autre forme de procès à ce qui nous intéressait.

Dans l'habitacle de la Jeep, couchées sur la banquette arrière, nous faisons ce que nous imaginons les adultes faire tous les soirs pour se reproduire : Odile dressée au-dessus de moi, fait coulisser furieusement ses hanches étroites contre les miennes, tandis que j'essaie de dégager mon pubis pour accentuer la sensation ténue. Odile doit aussi la ressentir parce qu'elle change de position, m'enjambe pour que nos culottes soient exactement superposées. On atteint vite les limites de la Jeep, mon mollet tendu en l'air ne manquerait pas d'alerter nos parents s'ils se piquaient de savoir à quoi nous sommes occupées. Et ce jeu nous laisse essoufflées, exaspérées de courir après quelque chose que nous ignorons et qui se rapproche à grands pas. Parfois, le reste de la journée Odile est méchante, tout est chez elle sujet à caprice – et je vais m'endormir sur la terrasse, près des parents gorgés de rosé, ivre aussi, d'une rage qui n'a pas encore de nom.

Mais nous savons maintenant d'où vient la sensation. C'est confondant, un peu dégoûtant peut-être, mais la sensation vient d'entre les jambes. D'où, exactement, dans ce fouillis ? Odile et moi tâtonnons longtemps avant de trouver, empruntant des détours qui aujourd'hui encore sont une partie intégrante de ma sexualité. Il ne suffit plus de nous frotter l'une à l'autre, Odile et moi cherchons plus de précision. Je ne sais pas où elle finit par trouver la solution – je pense qu'elle a fouillé dans la collection de VHS de ses parents et trébuché sur une cassette peut-être moins grand public que les autres, j'ai d'ailleurs l'impression de m'en souvenir, je revois vaguement des paires de seins énormes aux tétons cachés sous des croix en scotch, deux femmes tête-bêche, aux bouches entrouvertes. Comment en arrive-t-on à une position pareille ? Odile et moi faisons semblant de nous disputer pour des sujets d'adultes, chacune puisant dans les querelles parentales, et à bout de nerfs Odile déboutonne crânement son pantalon en lâchant : « Tu veux vraiment que je te pardonne ? »

Et oui, son pardon m'est inestimable.

Il s'est passé longtemps avant qu'Odile et moi prenions conscience de ce que nous faisions ; jusqu'à un certain point, ce spasme intolérable qui mettait fin à notre jeu n'était que ça, un hasard décidant qu'il était temps de sortir se baigner dans la piscine. Bientôt nous avons réalisé que ce miracle se reproduisait immanquablement ; il suffisait d'agacer assez longtemps ce petit renflement entre les grandes lèvres, et alors les hanches d'Odile commençaient à trembler, elle respirait plus fort, et c'était fini.

Les jours où elle était de bonne humeur, à moins que le scénario s'y soit prêté, c'était à mon tour d'offrir à Odile une chance de pardon, et elle se coulait entre mes jambes, avec l'air de me faire une faveur. Après l'avoir fait jouir, j'étais au bord de l'explosion, mais l'angoisse de durer trop longtemps me paralysait, je finissais en effet par m'appesantir au point qu'Odile, parfois, se dressait sur ses coudes, un soupçon d'impatience sur son museau cruel : « Tu as bientôt fini ? »

Penaude, j'acquiesçais en essayant de me dépêcher, c'est à cette période, il me semble, que j'ai commencé à me fouetter d'images abominables, pour ne pas trop faire attendre Odile – et encore aujourd'hui, lorsque j'ai du mal à jouir, une pensée qui me renverse quasi immédiatement, c'est cette phrase grossière montant d'entre mes jambes, *Tu as bientôt fini* ?

Que la montée du plaisir soit chez moi liée à la vexation, pour ne pas dire à l'humiliation, c'est encore une influence d'Odile. Je ne compte pas le nombre de fois où après avoir rué des hanches contre mon visage, elle estimait que nous avions assez joué à ce jeu, et se reculottait pour m'entraîner dans le jardin. L'air frais lui donnait l'impression de se purifier, et moi je traînais mes membres lourds, ma moiteur suspecte, comme une croix le reste de l'après-midi. C'est là que j'ai commencé à me masturber frénétiquement, plusieurs fois par jour, dans ma chambre aux volets hermétiquement clos.

Des années plus tard, Odile a déménagé à Paris, près de chez moi ; nous partagions le même jardin public, la même balançoire, et c'est là qu'elle m'a demandé si je *le faisais* aussi toute seule. J'avais compris immédiatement à quoi elle pensait, piqué un fard, comme si Odile m'accusait de traîner un vice qui n'existait pas en dehors de nous. Voyant que je louvoyais, elle s'était empressée de préciser qu'elle, en tout cas, *le faisait*, alors j'avais confessé mes fautes. Elle voulait savoir comment je m'y prenais, j'avais brandi mon index gauche, imité le frottement continu, y mettant moins de rage qu'en réalité, et omis le second index que j'employais à des fins plus exotiques. Odile avait sorti de sa poche son majeur et son index, comme un signe de victoire, pour partager avec moi sa technique à elle. Je ne me suis jamais plus branlée avec un seul doigt depuis.

Mon corps a changé un peu avant celui d'Odile, disons que j'ai eu des poils avant d'avoir des seins – nouveauté sur laquelle Odile s'était penchée avec un air intrigué. Les poils, c'était une chose, les petites lèvres qui s'allongeaient en étaient une autre, dont Odile ne se remettait pas.

— C'est bizarre, l'entends-je encore dire, un jour où nous étions toutes nues et sur le point de commencer nos jeux. Pourquoi moi, c'est comme ça, et pas toi ?

Odile montrait sa fente rose, dont rien ne dépassait, et de là est né cet embarras de moi-même que je n'ai réussi à vaincre que très tard, vers vingt-cinq ans. Combinée à sa phrase traditionnelle, *Tu as bientôt fini ?*, l'idée que ma chatte était monstrueuse teintait mes rapports avec Odile d'un mélange de gratitude gênée, de plaisir et de meurtrissure. Je sentais bien parfois, dans le noir, tandis que je dénichais intérieurement les images les plus sacrilèges, qu'Odile se faisait chier. Un jour où elle n'avait pas voulu réciproquer, en se rhabillant elle avait suggéré que je me soulage manu militari pendant qu'elle irait bronzer au jardin, ça ne la gênait pas du tout. Sans me laisser le temps de répondre, elle avait déserté la pièce, mais à l'idée qu'elle me regarderait peut-être par un interstice manipuler mes organes baroques, j'avais préféré me reculotter et m'étais branlée trois fois de suite le soir même, dans la solitude de ma chambre, sous les toits.

Le mari d'Odile est un brave type, qui a sauvé la famille de sa femme d'une gêne certaine en rachetant leur maison, celle que j'ai toujours connue. Il a également le bon goût de n'être que rarement là, mais de gagner suffisamment bien sa vie pour qu'Odile ne subisse pas les désagréments de son absence – elle vit maintenant comme ces femmes bien mariées, avec une nounou espagnole qui emmène et cherche la petite à l'école, et permet à Odile de bosser, ou bien de glander des heures durant sur sa terrasse en cherchant, comme je l'ai toujours vue le faire, le ruban sombre de la mer au loin, entre les pins parasols.

Je ne suis pas sûre qu'il connaisse mon existence, si c'est le cas disons que j'ignore en quels termes Odile a pu lui parler de moi. Ils ont l'air de mener une vie bien ordonnée ; après les années passées à sauter d'homme en homme, de contextes douteux en soirées déshonorantes, je me doutais bien qu'Odile aurait besoin de se faire pardonner. Elle me montre leurs photos de famille, Laurent-ceci, Laurent-cela, et se sent obligée de préciser, en me proposant de m'asseoir sur le canapé même où elle m'avait un jour mordue, qu'elle ne trompe pas son mari. Ça n'est pas ce qu'a l'air de dire sa fossette, et une certaine envie de rire doit se lire dans mes yeux parce qu'Odile reprend, du ton de quelqu'un qu'on accuse de mentir : « Regarde où on habite, tu veux que je baise qui ? »

Et dans cette façon qu'elle a d'écarter les bras en disant ça, presque avec fatalisme, je retrouve l'Odile de seize ans, je devine ses vingt ans que je n'ai pas connus, l'ancienne fille facile qui tenait mordicus à aimer les hommes et qui n'en revient pas d'avoir grandi.

— J'ai rêvé de toi, il y a une semaine, on était dans un grand appartement à Rome.

— À Rome ? On n'est jamais allées à Rome ensemble.

— On n'a jamais été nulle part ensemble, à part à Paris, Le Mans, et ici, à Cavalaire. Je me dis que c'est parce que je venais de revoir un Pasolini.

— Et qu'est-ce que je faisais, dans ton rêve ?

— Tu portais les cheveux relevés. Tu avais l'air adulte. Je te croisais et puis tu disparaissais dans les pièces, c'était une grande fête, je suivais ton chignon dans la foule. Dans une des chambres, il y avait un grand chauve, complètement nu, à qui je demandais s'il t'avait vue. Il se marrait et me disait : « Ah, parce que ça t'intéresse, maintenant ? » Il ressemblait à notre prof de latin. À la fin du rêve, ta photo était sur un avis de recherche. Je me suis dit qu'il fallait que j'aille voir comment tu allais.

— Un grand chauve, tu dis ? Je t'avais parlé de Karl ?

— Karl ? Non, je ne crois pas, c'était quand ?

— Si, rappelle-toi. Ça fait partie des messages Facebook que je t'ai envoyés, pendant des années, et que tu regardais sans jamais y répondre. Si je me souviens bien, je te disais : « J'ai passé la soirée la plus déconcertante qui soit avec un grand chauve aveugle, appelle-moi. »

Je n'ai pas besoin de vérifier pour savoir qu'elle dit vrai, Odile m'a effectivement écrit pendant longtemps, et je ne répondais pas, j'aimais mieux attendre qu'elle me raconte ses histoires en direct, j'ai passé dix ans à me convaincre que nous nous verrions bientôt, sans jamais rien faire pour provoquer la rencontre. C'est peut-être pour ça qu'Odile me regarde avec cet amusement froid dans ses yeux, elle comptait sans doute me faire des reproches, mais les mille kilomètres que je viens de me taper pour m'assurer qu'elle est en vie, et à peu près heureuse, l'en dispensent.

— Je suis là et je ne vais pas m'en aller maintenant…

— C'est sûr ?

— C'était qui, alors, ce Karl ?

C'est l'année des vingt-trois ans d'Odile, elle est à Paris, mais plus pour très longtemps, une lassitude de la grande ville l'a prise, elle s'imagine pouvoir remplir ses journées de façon plus saine à la campagne. Elle a reçu un message, plein de fautes d'orthographe charmantes, de cet Allemand qui dit l'avoir croisée quelques années plus tôt dans une soirée organisée par des amis communs, grâce auxquels il a obtenu son numéro de téléphone : il aimerait beaucoup la revoir. Et Odile, qui n'a pas grand-chose à faire de mieux, flattée par ce souvenir qu'elle a laissé et dont on ne se débarrasse pas, lui donne rendez-vous le soir même.

Odile rejoint ce grand chauve dans un café de la rue de Médicis. C'est là qu'elle s'aperçoit que non content d'être chauve, le mec est aveugle : un accident, il y a deux ans, qui lui a temporairement ôté la vue.

Odile pense qu'il aurait quand même pu le lui dire, c'est le genre de trucs qu'on dit, peut-être pas en premier, mais on le dit avant de se rencontrer, on ne prend pas comme ça les gens en traître. Le mec n'inspire pas de pitié, ça n'est pas ça, mais Odile voit tout de suite que ses yeux sont bizarres, il regarde au-dessus d'elle et lui tend la main, une grande main très douce, qu'elle attrape en gazouillant « Ah salut, tu vas bien ? ».

L'espace d'un instant, elle se dit qu'elle aurait pu ne pas se ruer sur la terrasse, elle aurait pu effectuer un repérage de loin et déterminer quel grand chauve était le sien, observer son air perdu et rebrousser chemin, il n'y aurait eu aucun risque qu'il la repère et l'oblige à s'asseoir… Pensée qui l'écrase de culpabilité, alors Odile s'assied, avec un coup d'œil sur les tables environnantes, pour voir si on la regarde, si on la prend pour l'auxiliaire de vie de ce pauvre monsieur, si quelqu'un ici a compris dans quel piège elle vient de tomber, par quelle sournoise omission.

Odile a vingt-trois ans et c'est la politesse qui la retient, le souci de ne pas froisser son prochain, même si son prochain aurait quand même pu prévenir – elle n'a pas encore d'enfants, l'idée que si son gosse était aveugle, elle voudrait que des filles s'asseyent près de lui et le trouvent beau ne l'effleure pas. Mais de fait, même dépourvu de la crinière qu'elle affectionne chez ses amants, cet homme est plutôt beau. La place que ses cheveux ne prennent pas est compensée par un nez qu'on pourrait trouver trop fort, mais aucun nez n'est trop fort pour Odile, les commissures de ses lèvres ont une façon adorable de se relever lorsqu'il sourit, et ces mains douces, senties alors qu'elle se décidait à rester, et qu'elle peut regarder à son aise sans crainte d'être indiscrète, ont de longs doigts épais, des ongles soignés, ce sont, en somme, de belles mains qu'elle aurait plaisir à sentir sur elle.

Elle le laisse commander pour elle du vin rouge espagnol. On leur apporte deux verres larges, le contenu lui semble un peu mesquin – c'est une erreur de perception qu'elle regrettera plus tard. Elle pourrait ne pas boire autant, elle n'a aucune contenance à garder, elle pourrait s'avachir et sortir le ventre si elle le voulait, mais elle n'ose pas fumer, elle craint d'incommoder ce mec qui s'est retenu de lui parler de ses yeux par peur de se faire planter, est-ce que ça n'est pas un peu débandant d'être mise ainsi dos au mur, elle n'aurait jamais osé. OK, le type est intéressant, son boulot l'est aussi, ils ne manquent pas de sujets de conversation, mais quelque chose dans le procédé la gêne terriblement. Considère-t-il, comme elle, qu'elle a marché, que maintenant il la tient, que si elle voulait s'en aller il lui faudrait inventer la même sornette que pour un mec dont les yeux fonctionneraient ? La considère-t-il, en un mot, comme une proie ?

Odile lui en veut un instant, et puis l'alcool commence à faire effet, elle oublie, elle décide qu'elle non plus n'aurait rien dit, elle est maintenant intriguée.

— Qu'est-ce qui vous est arrivé ?

— Vous voulez parler de mes yeux ?

— Si ça ne vous gêne pas, évidemment. Vous me disiez que c'était temporaire...

— Ça ne me gêne pas du tout, enfin si, je suis gêné de ne rien vous avoir dit avant qu'on se rencontre.

— Il n'y a pas de mal, vraiment.

— Si, si, je vous dois des excuses. C'est que je ne me considère pas comme un aveugle à proprement parler. Mon médecin voit de nettes améliorations depuis trois mois, je devrais retrouver progressivement la vue.

— Mais que s'est-il passé ?

Une fâcheuse histoire, en fait, qu'Odile ne comprend qu'à moitié, un peu abrutie par le vin. Ce qui importe, c'est que Karl a vu, et verra de nouveau, et qu'il se souvient très bien de ce à quoi Odile ressemble, il l'avait croisée à cette soirée dans le VIIIe, elle ne l'avait pas remarqué, mais lui avait repéré sa lourde chevelure, la robe très décolletée dans le dos qu'elle portait alors. Elle avait vécu dans le désir de ce mec durant deux ans, avant qu'il ne retrouve sa trace. Karl lui fait le récit de cette soirée, des déplacements effectués par Odile sans conscience d'être suivie des yeux, combien le reste cessait de l'intéresser dès qu'elle apparaissait. C'est plutôt agréable, excitant, de croiser ses vagues souvenirs à elle avec ses impressions à lui, comme une scène de roman vue par plusieurs personnages. Elle se prend à penser que peut-être, dans les ténèbres qui entourent Karl à présent, sa silhouette à elle, l'échancrure de sa robe, ont été les images auxquelles il s'est rattaché pour ne pas perdre la trace du monde. Y a-t-il un moment dans l'existence de quelqu'un qui ne voit plus où, soudain, il n'est plus sûr de savoir à quoi ressemble une pomme, un visage aimé, ce que signifie une couleur ? Odile n'ose pas lui poser la question, ça n'est pas comme s'il pouvait fermer les yeux pour se rendre compte et puis les rouvrir et comparer. Si elle était dans sa situation, il y aurait de quoi la rendre folle, ça doit être terrible, au début en tout cas, de réaliser qu'aucun mouvement de paupières, aucun frottement de globes oculaires, ne feront revenir la lumière, la forme et la couleur d'une pomme rouge.

Et puis au terme de son deuxième verre de rouge, Odile s'enhardit, elle s'appuie sur son coude, s'approche de Karl qui reste bien droit sur sa chaise, tourné vers elle, aiguillé par le son de sa voix :

— Et comment ça fait, de faire l'amour quand on ne voit pas ?

Au début Karl ne dit rien, Odile craint de l'avoir effarouché, elle se rattrape :

— Je me dis que les sensations doivent être très différentes.

Elle pourrait ajouter que la même question s'applique aux gestes du quotidien, ça fait comment de prendre un bain quand on ne voit pas, de manger, qu'elle a choisi « faire l'amour » par hasard, mais Karl répond :

— C'est drôle que tu me poses la question, voilà bien une chose que je regretterai lorsque je pourrai voir à nouveau. J'ai l'impression d'être devenu beaucoup plus attentif. C'est comme si les odeurs et les gestes prenaient toute la place. On est comme absorbé par ce qu'on est en train de faire.

Odile n'ose pas dire le soulagement que ça représenterait pour elle, faire l'amour avec un gars qui ne voit rien, ne sait pas si elle est en train de rentrer son ventre, ne voit pas la gueule qu'elle fait, si elle est épilée comme il faut, si ses chaussettes ont laissé une trace d'étranglement aux chevilles. Elle ne pense même pas au plaisir, elle ne pense qu'à cet effondrement de la pression d'être vue. Faire l'amour dans le noir non pas par pudeur, mais parce qu'il n'y a pas d'autre choix.

Impossible de se souvenir comment Odile se retrouve abouchée à ce grand chauve, il doit être vingt-deux heures, mais ils sont ivres comme en fin de nuit, elle a changé de chaise pour se rapprocher et du premier baiser timide, dont elle ne se souvient pas, ils sont passés à de vigoureuses galoches pleines de salive, qui lui arrachent des gémissements. Lorsqu'elle se détache de lui pour reprendre sa respiration, Karl plisse la bouche dans un spasme agacé. Il a les commissures trempées, les narines qui frémissent. Odile ferme les yeux, pour se plonger dans la même obscurité. Elle sent l'air expiré ricocher contre le visage de Karl, rebondir sur son visage, empesé de leurs deux haleines, des antennes dont elle ne soupçonnait pas l'existence frétillent lorsque leurs visages se rapprochent, et Odile se sent, dans ce monde obscur, entièrement prise par ce qu'elle est en train de faire.

C'est Karl qui soudain se désolidarise, Odile l'entend grommeler quelque chose en allemand, elle rouvre les yeux. Un couple de touristes assis derrière eux s'offusque de leurs effusions : « Trouvez-vous une chambre ! »

Karl, qui n'a pas loin de quarante-cinq ans, commence par prendre ça à la rigolade : « Ça va, détendez-vous un peu, on est à Paris », mais Odile voit dans son sourire le frémissement d'une rage sourde.

Il est compliqué, maintenant, de s'embrasser, avec ces deux-là, derrière, qui les regardent d'un air mauvais, pourquoi ne font-ils pas la même chose qu'eux ? Odile et Karl, mal à l'aise, pianotent sur la table, et puis le mec revient à l'assaut, pour un détail débile, peut-être n'a-t-il pas apprécié qu'on lui réponde, après tout, les Allemands n'aiment rien tant qu'avoir raison, le mec derrière ajoute qu'il pourrait y avoir des enfants, il faut toujours penser à ça, agir comme s'il y avait des enfants devant qui garder un minimum de décence, et c'est la remarque de trop, Karl se retourne et dit au mec qu'*on n'est pas au pays de Mickey*, ce sont ses mots, ivre comme elle est, Odile pourrait trouver ça drôle, mais Karl n'a pas l'air de vouloir plaisanter, peu à peu le ton monte et puis Karl, qui doit être encore plus bourré qu'Odile malgré son apparente réserve, fait mine de se lever de sa chaise. On est près du Luxembourg un samedi soir d'été, la terrasse est pleine, la rue aussi, et cette foule voit Karl se déployer, dépasser tout le monde de trois têtes, avec son crâne lisse qui renvoie la lumière pâle des lampadaires, il se tourne vers un vieux monsieur qui lit et ne lui a rien fait, et lance à la cantonade :

— Tu veux qu'on règle ça comme des hommes, ça te plairait mieux ?

Celui à qui se destinait cette tirade ne voit que le dos de Karl. Dans un film avec Gene Wilder et Richard Pryor, il y aurait de quoi mourir de rire, mais c'est la réalité et l'adversaire a la décence de ne pas sourire, on voit bien qu'il est un peu gêné d'avoir poussé dans ses retranchements un non-voyant, s'il avait su il aurait fermé son claque-merde, il n'ose même pas répondre par crainte que le grand chauve dressé de ses presque deux mètres au milieu de la foule comprenne que la vexation vient d'une direction complètement différente, alors quelques secondes d'embarras intense unissent ces deux couples, Odile entend presque l'abruti penser *Je ne savais pas qu'il était aveugle*, se dit, à son tour, que

Karl est donc beaucoup plus ivre qu'elle le croyait, ivre au point de provoquer en duel un adversaire qu'il est incapable de situer dans l'espace. Déchirée entre pitié et fou rire, elle se mord les joues, tire Karl par la manche en répétant d'une voix fluette qu'il n'y a pas de quoi se battre, « Rassieds-toi, on n'a qu'à changer de bar », mais Karl chasse sa main, il tient à défendre leur honneur, ils sont adultes, en fin de compte, et personne n'a à lui dire ce qu'il peut ou non faire à minuit un samedi soir en terrasse. Odile répète que ça n'est pas grave, « vraiment, rasseyons-nous », à présent les clients ont les yeux rivés sur eux, ça fera une histoire excellente à raconter en rentrant. Odile réitère sa proposition d'aller ailleurs, mais Karl refuse catégoriquement, ils ont autant le droit d'être là que les autres. Elle l'embrasse pour le calmer, Karl résiste puis se laisse aller, mais en reprenant leur étreinte où ils l'avaient abandonnée, Odile s'aperçoit qu'elle est froide, désespérément froide, et ivre aussi, tellement qu'en fermant les yeux, les ténèbres se mettent à tourner à pleine vitesse. Elle pourrait suggérer d'aller chez lui, c'est à peut-être un kilomètre et la marche leur ferait du bien, mais une envie de rire qui s'attarde a pris la place du désir, l'urgence n'est plus de déshabiller ce grand type, mais bien de rentrer chez elle, pour dormir et le lendemain relater l'incident à ses copines (dont moi).

— Écoute, je crois que je vais rentrer, s'entend-elle murmurer, une main sur la joue lisse de Karl.

Elle suggère de se retrouver quelque part le lendemain et de reprendre les choses là où ils les ont laissées, sachant très bien au fond qu'ils ne se reverront pas, c'est fini, une fois qu'on a assisté à un truc pareil, c'est forcément fini, mais Karl, lui, ne le sait pas encore, alors il admet que c'est peut-être plus raisonnable.

— Appelle-moi quand tu te réveilles, tu es sûre que tu peux rentrer toute seule ? Je peux t'appeler un taxi, propose Karl, mais Odile assure qu'elle n'habite qu'à quelques stations de métro, ça ira très bien. Est-ce qu'il a besoin d'aide pour rentrer chez lui ?

Après avoir attendu que Karl monte dans un taxi, Odile s'engouffre dans la station du RER Luxembourg, deux changements la séparent en fait de chez elle et en plein trajet, elle se sent tellement mal qu'elle descend sur le quai, reste une demi-heure à vaser, assise sur un siège en laissant passer train sur train.

— Et durant ce temps-là, je me disais que je t'appellerais le lendemain, ça me semblait une urgence vitale.

— Tu aurais dû.

— Tu veux qu'on compte le nombre d'appels en absence que je t'ai laissés, à cette époque ?

Odile dit ça d'un ton aimable, mais la fossette a réapparu, et même si je sais que les chances de me faire mordre au ventre comme jadis sont minces, j'aime mieux baisser le front :

— Je sais.

— Je te pardonne, tu ne savais pas ce que tu faisais.

— Quelle magnanimité, Odile. Je suppose que dans le même esprit, tu as revu Karl le lendemain pour le baiser à mort.

— Non, je l'ai bloqué en me réveillant. Le mec m'avait envoyé quinze textos dans la nuit, il voulait me présenter à ses gamines, rencontrer mes parents, et dans tout ça, pas un mot d'excuse pour la scène de la veille. Je crois que c'est à ce moment-là que j'ai réalisé que j'en avais marre de Paris, de boire, de rentrer chez moi sans me souvenir comment j'avais fait. J'en avais marre de chercher un refuge dans tous les mecs que je rencontrais.

Odile s'est longtemps perdue dans son obsession des hommes, dès qu'elle en tenait un, elle se croyait sauvée – de quoi ? Des autres, peut-être, de la masse menaçante des autres, et de leurs idées révoltantes. C'est ce qu'elle me dit maintenant qu'elle a trente ans et derrière elle toute une cohue d'histoires décevantes, humiliantes, intéressantes, sombres parfois. Moi je pense à cette peur terrible de nous qui l'a saisie, vers quatorze ans, et comme elle m'a contaminée des années durant – même lorsque Odile n'était pas là pour me dire, au sortir de chez une femme aimée, « Si ça se trouve, on est lesbiennes ». Je sais bien qu'à l'évocation de ce souvenir, Odile ferait mine de l'avoir oublié, pourtant c'est là, sous nos yeux, ça me paraît tellement frais ; le petit salon qui relie la cuisine à la salle à manger, le documentaire sur le SIDA à la télé, couvert par les rugissements de rire des parents qui n'écoutent pas et parlent de tout à fait autre chose, Odile et moi qui en silence ingérons des informations embrouillées, suffisantes pour nous inspirer une crainte religieuse des jeux auxquels nous nous livrons (et qui, quelques semaines durant, disparaissent du menu, jusqu'à ce qu'Odile et moi décidions de façon tacite que, quitte à mourir de nos vices, autant le faire en jouissant). Odile m'entraîne par le poignet jusque dans le jardin, et se demande, donc, si nous sommes lesbiennes. Ses yeux, immenses soudain, ne comportent aucun sarcasme : serait-ce possible que nous ayons attrapé le SIDA ? Les modes de transmission nous échappent totalement, il se pourrait que ce simple contact entre personnes du même sexe (si j'ai bien compris – et ce n'est pas le cas – c'est ainsi qu'on attrape ça) ait suffi à nous rendre malades. Quelques années plus tard, il semblerait que nous ayons été épargnées, mais parfois continue à se balader sur le visage d'Odile la suspicion d'avoir chopé au contact l'une de l'autre quelque chose de peut-être plus grave encore qu'une maladie sexuelle : l'indifférence aux garçons.

Je sais que nous nous sommes précipitées dans une course effrénée derrière les mecs, ne nous épargnant aucune expérience douteuse, aucune sensation extrême, dans une tentative de réduire ce que nous avions vécu ensemble à une fantaisie, grandie dans l'évidence d'aimer les hommes. Tout ce que le monde des hommes offrait était bon à prendre, ce qui faisait peur, ce dont il fallait se méfier, ça n'était qu'une question de cran ; nos caresses, dans lesquelles ils s'évaporaient complètement, c'était une trahison.

Il y a eu le premier gode d'Odile, aux alentours de ses dix-sept ans, qu'elle me montre un jour, planqué au milieu des serviettes hygiéniques, comme si elle exhibait une arme à feu pour laquelle elle n'a pas de permis. Son petit ami de l'époque va en avoir dix-huit, c'est un évènement, qu'il faudrait fêter dignement, or Odile en cette période est passablement désargentée. Il y a des tas de cadeaux que l'on peut se faire sans débourser un centime, mais son petit ami est issu d'une famille riche, elle est complexée par sa gêne financière, elle cherche, désespérément, un moyen de se procurer vite quelques centaines d'euros pour acheter la mallette en cuir dont il aura besoin l'année prochaine pour ses études de droit.

C'est en séchant ses cours de terminale qu'Odile se retrouve un beau jour dans la rue Saint-Denis.

Ce qu'elle fait là, ce qu'elle y cherche ? Peut-être tout simplement l'odeur délicieuse, subversive, qui s'écoule par les portes ouvertes des sex-shops. Quelque chose, dans ce mélange de désinfectant, de vinyle et de foutre, titille un nerf particulier chez Odile. Alors qu'elle est plantée là, à humer nez en l'air les effluves du danger, un homme entre deux âges sort d'une boutique et lui demande si elle cherche quelque chose en particulier. Non, répond Odile, déjà gênée aux entournures d'être vue discutant avec un type de ce genre.

Quel âge a Odile ? Dix-neuf ans, répond-elle en regardant crânement le tenancier de sex-shop, pour ne pas lui laisser l'ombre d'un doute. Odile a-t-elle déjà pensé à bosser dans cette branche ? Elle est jolie, elle pourrait gagner une fortune. Dans quelle branche ? Bosser dans un sex-shop ? Ma foi, Odile a tenu beaucoup de caisses depuis ses quinze ans, en ce moment elle officie dans un magasin de bonbons rue Cassette, vendre des godes ça ne peut pas être bien différent. Comment fortune se fait en tenant une caisse, voilà qui intrigue Odile, en revanche.

— Rentre, rentre un instant, lui suggère le type qui sent la sueur, en la poussant délicatement dans la boutique.

À l'intérieur, une musique techno de mauvais goût accompagne le grésillement de tubes néon d'un blanc froid, sous lequel les bites en plastique ont l'air d'avoir été amputées à un corps parfaitement sain. Là-dedans ça sent le vertige, la dégringolade, le silicone et l'eau de javel, et autre chose, qui n'est pas vraiment du foutre, qui s'en rapproche mais en plus inquiétant. Il y a la caisse, bien en évidence au carrefour de quatre allées de DVD, mais il y a un autre petit comptoir, tapissé de fausse fourrure rouge : « Shows érotiques », annonce un panonceau dans une police agressive, et Odile craint de commencer à comprendre.

— Ha, ça n'est pas pour la caisse, note-t-elle, et le type sourit :

— On aurait aussi besoin d'une vendeuse, mais ça me paraît être un peu du gâchis dans ton cas.

— Je ne sais pas, je n'ai jamais fait de shows, je n'ai aucune idée de comment ça marche…

— Tu pourrais te faire beaucoup d'argent, répète le type, et il interpelle une jeune femme qui attend contre le mur, clope au bec, l'air las : Tu as fait combien, la semaine dernière ?

— Six cents, répond la jeune femme en regardant Odile de haut en bas.

Elle porte une robe en vinyle qui la moule comme une seconde peau, aux pieds des Pleaser brodées de sequins sur lesquels la lumière glauque joue et ricoche.

— Six cents ? répète Odile, secouée par la somme.

— Et encore, c'était une semaine lente, ajoute la jeune femme en extrayant un briquet de la banane qui lui ceint la taille.

— Je sais comment c'est, les filles de ton âge, sourit le tenancier. Tu as bien dû voir un joli sac, ou une jolie robe en vitrine récemment.

— Une mallette en l'occurrence, oui, répond Odile comme dans un rêve, déjà quasiment vaincue.

— Et combien elle vaut, cette mallette ?

— Quatre cent quatre-vingts euros.

— Pff, c'est rien, ça. En deux jours, tu te les fais. Crois-moi.

Et le type se colle une clope entre les lèvres, le regard tourné vers la rue, histoire de laisser à Odile un peu d'intimité pour prendre la décision qu'il faut évidemment qu'elle prenne.

Odile est tiraillée : elle n'a pas de principes en ce qui la concerne, mais elle connaît ceux de son petit copain. S'il l'apprenait, si qui que ce soit l'apprenait et lui transmettait l'information, il y aurait une scène atroce qu'Odile se refuse à imaginer. Mais il est trop tard, maintenant qu'Odile a ce chiffre en tête, six cents euros par semaine, tout tourne autour d'elle. Elle n'a qu'un souci véritable, comment venir bosser là tous les jours, elle qui prépare son bac. Ça et peut-être aussi, en arrière-plan, la perspective d'être contrôlée par les flics et démasquée comme mineure, ce serait plutôt emmerdant que son père vienne la chercher au poste pour ce qui n'est probablement pas de la prostitution, puisque ce boulot est légal, mais quelque chose qui s'en approche résolument.

— Il faut que je réfléchisse, murmure-t-elle, et le tenancier qui la regarde s'éloigner lui fait un signe de la main, comme s'il était certain de la revoir bientôt, et c'est le cas.

— Ne t'inquiète pas, ce qui est écrit là, ça n'est pas important, lui explique-t-il le lendemain, en montrant un panonceau.

Odile a bien vu ce qui était écrit dessus : pénétration vaginale, orale, anale.

— Les clients n'ont pas le droit de te toucher, sinon tu penses bien qu'on aurait fermé boutique depuis belle lurette.

Il a offert un café à Odile qui l'écoute lui expliquer qu'en fait de pénétrations, c'est elle-même qui se pénètrera, à l'aide d'un gode qu'elle est libre de choisir sur les étagères. Odile hoche la tête vivement, elle sent bien que le type a dû l'imaginer toute la soirée de la veille en train de se ramoner dans sa boutique, cette gamine en jean et tennis, qui a tellement envie d'une mallette.

— Il faut qu'on te trouve une tenue, aussi, lance le tenancier.

Il se met à fouiller dans les rayons, extirpe une robe très courte dans une matière qui ne laisse aucune place à l'imagination. Odile fait la moue :

— Est-ce que ça n'est pas un peu… ?

— Un peu quoi ? demande le tenancier.

Un peu trop salope, manque de répondre Odile, au lieu de quoi elle enfile bravement la robe, et une paire de talons extrêmement hauts. Des clients de la boutique interrompent leurs quêtes de DVD pour la regarder faire, Odile anticipe la venue inopinée de gens qu'elle connaîtrait et qui ressortiraient horrifiés pour colporter partout qu'Odile est tombée bien bas.

— Ravissante ! s'écrie le tenancier, en faisant tourner Odile sur elle-même.

Ensuite, il lui explique le déroulement de l'opération. Le client arrive, il règle à l'entrée un prix qui ne change pas, deux cents euros. Pour ce tarif, la fille de son choix le mène dans un petit salon au fond du couloir. En ouvrant, Odile remarque que la porte est capitonnée, les murs sont recouverts de miroirs, il y a une estrade tapissée de moquette, une barre de pole dance, un canapé en skaï flanqué d'une boîte de mouchoirs (et à dix-sept ans Odile présume que ces mouchoirs sont destinés aux clients trop émotifs, ce qui dans un sens n'est pas faux). Dans ce salon, lui apprend-on, on danse pour le client, on discute, on apprend à se connaître. Le but étant de faire déménager le client dans le salon d'à côté, ou celui d'encore à côté s'il est déjà pris : c'est là que les fameuses pénétrations ont lieu, et le client doit pour cela débourser deux cents euros supplémentaires. Ce qui se passe dans l'antichambre, c'est finalement de la conversation mondaine.

La chambre des délices n'offre pas un confort tellement supérieur : rien qu'une estrade, et un canapé, et une boîte de mouchoirs, et cette musique bête qui sue des haut-parleurs.

— Tu touches soixante-dix euros par client, annonce-t-il à Odile.

Odile n'est pas une matheuse, mais elle sent bien que par rapport à la promesse initiale des six cents balles en deux jours, on a un peu changé de standing. Mais elle est déjà là, habillée pour bosser, elle ne sait plus trop comment faire marche arrière. Ce qui l'inquiète, c'est plutôt l'idée de se faire casser la gueule par un client qui aurait cru à une véritable pénétration vaginale. Il paraît évident qu'un mec qui débourse quatre cents balles s'estime en droit de baiser autre chose que sa propre main.

Cela n'arrive jamais, selon le tenancier. Les clients savent ce qu'ils trouvent ici, ils connaissent la loi. La loi existe donc dans cette échoppe qui ne demande pas à Odile le moindre papier pour l'engager.

— Tu te sens prête à commencer ?

Odile acquiesce. Autant qu'on en finisse maintenant.

Les filles sortent devant la boutique, aguichent le chaland d'un sourire. Odile est terrifiée de se trouver là, à la merci des regards des gens honnêtes, de ceux qui entraînent leurs gosses à toute vitesse loin de cette rue du péché. Elle baisse les yeux sur ses orteils comprimés dans les Pleaser, elle a bien conscience d'être le petit boudin silencieux, de faire tache dans le groupe coloré que forment ses collègues. Pourtant, au bout de dix minutes, un client entre dans la boutique et lui fait signe de le suivre.

De ce premier client, Odile ne se rappelle rien. Si, peut-être que ses cheveux étaient blonds, qu'il avait l'air plutôt à l'aise, au fait de ce qu'il venait trouver là. Ayant reniflé, sans doute, que la gamine qu'il avait choisie flageolait trop sur ses talons pour être une professionnelle, qu'elle n'avait pas l'âge d'en être une. Il se laisse entraîner dans le premier salon. Tandis qu'elle lui fait aimablement la conversation, il lui demande de danser un peu pour lui. Odile aimerait mieux s'enfiler maintenant sous ses yeux, avec le gode grotesque qu'elle a choisi distraitement (le genre qu'on vend dans le catalogue de La Redoute, un obus strié, anti-érotique au possible), mais elle a peur d'être réprimandée par le patron, alors elle se tortille gauchement autour de la barre de pole dance, sans lâcher le bout de conversation qu'elle avait réussi à installer. Au bout de cinq minutes, n'y tenant plus, elle suggère au mec de passer dans le salon d'à côté. Lui fait l'imbécile, ne demande ni ne donne rien, se contente de se lever, Odile est obligée de lui expliquer que les tarifs augmentent dès lors qu'on se retrouve dans cette pièce, le type sort obligeamment une liasse de son portefeuille et se laisse entraîner dans le salon ad hoc. Odile glisse à quatre pattes sur la moquette, et en pensant à son lycée où ses camarades, dont moi, étudient à l'instant même *Les Caractères* de La Bruyère, elle s'introduit l'obus sans autre forme de procès.

La comédie du plaisir est quelque chose qu'Odile étudie depuis son plus jeune âge, depuis qu'elle zappe sur la 6 le samedi soir après vingt-deux heures et qu'elle entend les vocalises des actrices de films érotiques. Elle sait, parce que c'est presque dans son ADN, quels sons on attend d'elle pendant qu'elle fait entrer et sortir ce truc d'elle, bien que ça ne lui fasse rien, à part un peu mal, peut-être, puisqu'on n'a pas pensé à lui donner de lubrifiant – si on l'avait fait, par pudeur et par fierté, pour faire croire à la disponibilité permanente de ses orifices, Odile ne s'en serait pas servie. Alors Odile gazouille, la bouche entrebâillée, surveillant son reflet dans les miroirs qui constellent les murs, piquée dans sa curiosité par l'image qu'ils lui renvoient et qu'elle trouve belle, agaçante, elle a envie de toucher cette femme, elle sait que l'homme sur le canapé, dont elle devine la silhouette derrière sa croupe levée, se branle en regardant ses fesses, sa chatte à elle, Odile, s'il y avait quelque chose d'excitant dans cette histoire, ce serait ce détail-là, Odile est devenue une de ces femmes, une image qui bouge, qui émet des sons et possède tout ce que l'espèce humaine requiert pour inspirer le besoin de se reproduire, alors galvanisée Odile fait des mines, elle se baise avec emportement et puis soudain s'arrête, laisse voir sa fente écarquillée, cambre le dos, se tourne pour offrir un nouvel angle de vue à son client qui n'en demandait pas tant et arrache un mouchoir de la boîte pour essuyer ses larmes. Tandis qu'il râle dans son Kleenex, Odile se mord les joues pour ne pas rire, elle pose le gode à côté d'elle, rabat sa robe sur ses cuisses, elle ne sait plus trop maintenant ce qu'il faut faire ou dire, comment renvoyer le client chez lui. Mais lui connaît la marche à suivre, il se reboutonne, envoie d'une pichenette le mouchoir roulé en boule dans la corbeille, remercie Odile et sort de la boutique.

Le tenancier a l'air ravi, offre une tasse de café à sa nouvelle employée, une cigarette (Odile ne fume pas encore, mais il faut bien une première fois à tout). Elle aimerait lui demander le secret pour gagner six cents euros en une semaine, à ce rythme ça paraît un peu laborieux, Odile pressent qu'on l'a enflée et que pour atteindre cette somme, il faudrait traîner des journées entières dans la boutique, où n'entrent pas tant de clients que ça. Elle cherche déjà une façon de fuir, mais un ami du patron surgit et annonce que les flics contrôlent les filles aujourd'hui. Odile, qui prétend n'avoir pas ses papiers sur elle, est sommée de partir et de revenir lorsqu'elle les aura. Elle remet ses vêtements, qui ne lui ont jamais paru aussi amples et confortables, glisse le gode dans une poche de son manteau et s'en va comme si elle s'engageait à revenir deux heures plus tard, sachant très bien qu'elle ne reviendra jamais.

Mon tout premier souvenir d'Odile : nous sommes dans la maison de sa grand-mère, près du Mans, précisément dans le bureau que celle-ci utilise comme cabinet de couture. Il y a une petite télé, sur laquelle nous regardons, pour la millième fois, *La Belle au bois dormant* de Walt Disney. Le passage qui fait sur nous la plus forte impression, c'est lorsque Aurore, en état d'hypnose, gravit lentement les marches d'une vieille tour et arrive devant un rouet pour filer la laine. « Touche le fuseau », gronde la sorcière dans la tête d'Aurore. Aurore tend la main vers le fuseau – la malédiction jetée à sa naissance dit qu'il sera sa perte –, et semble un instant se reprendre. La musique étrange de Tchaïkovski s'éloigne et se rapproche, sournoisement. « Touche-le, te dis-je ! » Alors elle pose l'extrémité d'un doigt sur la pointe du fuseau, et s'effondre immédiatement, sans connaissance, dans un fouillis de boucles blondes et de jupons.

Odile et moi rejouons souvent cette scène, il se trouve que la grand-mère possède dans ce même cabinet de couture un rouet antique, chiné dans une brocante. Les escaliers menant au rouet nous paraissent aussi interminables que ceux du film, je m'y risque dans une obscurité quasi complète, Odile derrière moi figurant la sorcière, chuchotant « Touche le fuseau ». J'ai le regard vague, je suis une princesse sous le coup d'un enchantement, et lorsque la voix d'Odile se fait plus pressante, je tends lentement la main vers le fuseau auquel il manque la pointe où se piquer, mais qu'importe. Aussitôt je roule des yeux, entrouvre la bouche pour laisser passer mon dernier souffle. Et, les genoux cédant sous moi, je glisse au sol d'une façon que j'espère aussi esthétique et impressionnante que dans le film. Le silence, soudain, est total. La princesse vient de s'endormir pour cent ans, c'est ainsi qu'une bonne fée a transformé la malédiction de Maléfique à la naissance d'Aurore – et seul le baiser d'un prince pourra la tirer de ce sommeil. Odile laisse patiemment passer quelques minutes, durant lesquelles je la sens tourner autour de moi, soupirer – c'est très long, cent ans. Elle déplace mes membres lourds pour me permettre de dormir en toute dignité, les mains croisées sur la poitrine. Et puis soudain le prince Philippe fait son apparition. Il vient de dégommer un dragon gros comme un immeuble, après s'être faufilé, sur son cheval, dans une forêt de ronces, et le voilà qui pénètre dans la plus haute tour du château. Il en a soupé des obstacles, il est venu chercher sa récompense. Il descend de cheval, sans bruit. Là, au milieu du donjon, est allongée la princesse Aurore, sa promise, blonde comme les blés, avec des lèvres rouges comme le sang. Qu'elle est belle, chuchote Philippe en s'approchant de la Belle au bois dormant. Agenouillé à ses côtés, il la regarde, regarde ses lèvres entrouvertes sur son souffle presque inexistant. L'ombre d'Odile s'étend sur moi, je sens son visage se rapprocher, et puis sa bouche se pose sur la mienne, y insuffle l'air censé me réveiller. J'émets un piaulement doux, mes paupières vibrent et puis s'ouvrent : mon prince, dis-je avec le sourire d'une femme heureuse à qui on apporte le café au lit.

Plus tard, Odile et moi nous demanderons gravement si le baiser est chaste, ou s'il comporte un peu de langue, comme cela semble être le cas pour les baisers d'adultes, vus à la télé. Si Disney n'en fait pas mention c'est probablement que s'embrasser avec la langue ça n'est pas très propre, pas montrable à des enfants – c'est pour cela qu'Odile et moi nous entraînons à coller nos langues l'une à l'autre, et les mises en scène de la Belle au bois dormant prennent alors une gravité terrible. Odile veut toujours être le Prince, elle fait durer mes évanouissements comme si elle sentait qu'intérieurement je trépigne, est-ce un baiser que j'attends, ou bien ce qu'un prince pourrait faire en secret à sa promise endormie ?

Je suis installée dans la chambre que nous partagions l'été, qui sert maintenant de salle de jeux à la fille d'Odile. Je me défenestre à moitié pour fumer mon joint sans déclencher l'alarme incendie qui clignote au-dessus de moi, installée avec la même précaution fasciste qu'à l'hôtel, lorsque Odile vient frapper à ma porte, et sans attendre ma réponse apparaît. Elle est en culotte et la vision de ses cuisses ramène à ma mémoire des souvenirs doux-amers, la dernière fois que j'ai vu Odile nue, vers dix-neuf ans.

— Pourquoi tu ne vas pas près de la piscine ?

— Je ne voulais pas te réveiller.

— Je ne dormais pas.

Odile ne fume plus, mais tire aimablement sur le joint que je lui tends, par réflexe, et c'est peut-être cette unique taffe qui l'autorise à me demander, soudain très sérieuse : Pourquoi on a arrêté de se voir ?

— Ça, c'est de la question, soupiré-je, avec la même lassitude que les amants redoutant de devoir s'engager.

— Ce n'est quand même pas une question si épineuse.

— Non, mais j'espère que tu te la poses à toi aussi.

— Je n'ai jamais arrêté de t'écrire ! Enfin si, j'ai arrêté lorsque j'ai vu que tu ne répondais pas.

— Je viens de traverser la France parce qu'un rêve où tu apparaissais me turlupinait, si ça n'est pas de l'amour, Odile, je ne sais pas comment ça s'appelle.

— C'est vrai.

Ses yeux pas encore rougis ne me quittent pas. Je baisse les miens, qui sont déjà très lourds, sur la piscine autour de laquelle nous avons grandi.

— Je crois que j'avais trop de choses à te dire pour me contenter de les écrire. Et peut-être pas non plus la force de venir te voir. Je crois qu'on s'était mises l'une et l'autre dans un rapport qui par moments me déplaisait.

— Lequel ? Je n'ai aucun mauvais souvenir avec toi.

— Je n'ai pas dit que mes souvenirs étaient mauvais. Je crois qu'à cette époque nous étions toutes les deux préoccupées par les mauvais mecs, et ça me perturbait, je n'avais pas envie qu'en partageant nos expériences, notre relation tourne à une forme de gageure, tu vois ?

— Non, pas vraiment, si je suis honnête.

— Entre toi et moi ça a toujours été de la compétition, Odile. Je faisais assez de conneries pour ne pas vouloir surpasser les tiennes, et réciproquement. Et puis certes, je ne te répondais pas, mais on a longtemps vécu à quatre kilomètres maximum l'une de l'autre. Tu aurais pu venir me voir, nos mères se tenaient au courant, tu aurais pu savoir où je bossais, où je traînais, et ne pas me laisser le choix. Et je ne t'en ai jamais fait le reproche.

— Tu viens me voir dix ans plus tard, parce que tu as rêvé de moi et que ce rêve te foutait les jetons, c'est avant qu'il aurait fallu que tu flippes.

— Mais peut-être que je flippais. Peut-être que j'ai rêvé de toi en soirée parce que je savais que tu sortais beaucoup à vingt ans, comme moi, et que j'ai le souvenir de ma mère parlant de la tienne, disant qu'elle se faisait du souci. Je crois que la mienne se faisait aussi beaucoup de souci à mon sujet, il est possible que nous ayons vécu les mêmes soirées, et parce que j'ai souvent eu peur pour moi, que je me sois mise à avoir peur pour toi. OK, un peu à rebours, mais c'est remonté avec la force d'une prémonition. Si on avait continué à se parler à l'époque, on serait allées à deux dans ces soirées et je ne sais pas où on en serait aujourd'hui, mais peut-être pas à fumer en douce dans la maison que tu partages avec ton mari et ta fille.

— S'il n'y avait pas eu toutes ces soirées, il n'y aurait sans doute pas de mari ni de fille. Parce qu'il y a eu toutes ces soirées, précisément grâce à elles, j'ai su que ça n'était pas là qu'il fallait chercher une forme de bonheur, quoi que ça puisse vouloir dire.

Si comme tu le dis on a vécu les mêmes choses, tu dois bien le savoir, toi aussi.

— J'ai eu longtemps l'impression qu'on s'était jeté un sort l'une à l'autre. C'est con, je sais, mais j'essaie d'être la plus juste possible.

— En étant défoncée ?

— C'est défoncée que je suis la plus juste. On a commencé à fumer ensemble et c'est en fumant qu'on a pu se dire les choses qui comptaient vraiment. Je n'ai jamais eu d'usage plus intelligent des drogues qu'avec toi. Partout ailleurs, j'ai eu l'impression qu'on me donnait des drogues pour que je ne puisse plus m'échapper.

On est en décembre, à Paris ; c'est la dernière fois qu'Odile y verra de la neige. Elle a alors vingt ans, tout juste, et ce soir, elle voit un certain Alain, qui lui court après depuis des semaines, une ancienne gloire télévisée qui lui promet de la distraire, et Odile a menti à sa mère pour qu'elle la laisse sortir tranquille, une énième fois. Elle a traversé Paris pour rejoindre un coin sombre du XVIIe, déjà plus très sûre à l'arrivée de vouloir se trouver là, de vouloir voir ce mec, à qui elle trouve un air vicieux un peu inquiétant. Elle sent bien qu'il la considère comme une gamine facilement impressionnable, à qui il faut se vendre pour espérer la retenir. Ça n'est certes pas pour son physique ou sa vieille trogne qu'elle est là, pas non plus pour les relents de célébrité qui l'entourent ; Odile n'était pas née lorsqu'il avait son émission, et lorsqu'elle avait mentionné son nom devant des gens capables de s'en souvenir, l'un d'eux avait eu cette remarque pour seule réaction : « Ah, cette tête à claques qui passait le dimanche ? »

Il doit croire qu'elle est là pour son pognon. Ça doit l'embarrasser, car son appartement est petit, pas très lumineux, le quartier est pour le moins glauque, situé aussi près que possible des coins cossus sans voir son loyer monter en flèche. Ça sent le mec toujours en panne de liquidités, suçant la moelle de potes plus fortunés lorsqu'il les croise par hasard dans les restaurants chics. Enfin, il est toujours plus riche qu'Odile, et faute de payer une tournée des grands ducs dans le VIIIe, il lui propose de prendre quelque chose, une poudre qu'il garde dans du papier alu, lui assure que ça n'est pas de la MD, ça pourrait y ressembler un peu, mais c'est beaucoup plus léger, il est sans doute inquiet à l'idée qu'on lui reproche de droguer des jeunes femmes, ce qui ne viendrait pas une seconde à l'idée d'Odile : c'est bien pour ça qu'elle est là, pour les drogues que sa gueule en biais semblait déjà promettre lorsqu'ils se sont connus.

On est à la période où Odile fume de l'herbe comme une cheminée d'usine, hélas ses finances l'empêchent régulièrement de satisfaire ce vice. Elle aurait bien apporté de quoi fumer ce soir, mais n'avait pas pu mettre la main sur vingt euros pour faire un crochet par Saint-Ouen en allant voir Alain, elle espérait qu'il serait mieux fourni qu'elle. Alain n'a pas de quoi fumer, mais en plus de cette poudre louche qu'il dilue dans un verre d'eau, il se pourrait aussi qu'il ait de la coke, on verra, ils passeront chez des amis avant de sortir, ils ont toujours de quoi. Odile passe donc sa soirée avec un parasite mondain, elle phagocyte les ressources d'un mec qui phagocyte celles de ses copains riches.

— Tu n'as que ça comme tenue ? s'inquiète Alain.

Il veut emmener Odile chez Cris et Chuchotements, une boîte SM, si Odile avait su elle aurait enfilé une robe, mais elle est arrivée en jean et baskets et à vingt-deux heures passées, où trouver d'autres vêtements ? Alain a deux trois fringues de son ex qui sont restées dans son placard, en un rien de temps il a refilé à Odile une robe trop grande pour elle, taillée dans une sorte de lurex vulgaire avec bretelles asymétriques, et Odile suggère qu'on sorte une prochaine fois, elle sera mieux attifée. « Tu es très bien comme ça », dit Alain, avec à la main une paire de mules abominables, mais très hautes, qu'Odile refuse catégoriquement de mettre. Mais Alain insiste tellement qu'elle renonce à se battre. Elle enfile les mules, un peu défoncée, bien en peine de déterminer la teneur de cette défonce-là.

Ils prennent sa voiture pour se rendre chez ces amis, les Le Grillon – Odile n'a pas oublié ce nom parce qu'en l'entendant elle s'était imaginé un couple de braves retraités, et lorsque la porte de l'appartement rue de Rivoli s'ouvre sur cette matrone aux seins quasiment nus, qui mâchonne une Craven A entre ses lèvres rouge vif, Odile manque d'éclater de rire. Le mari est un petit homme au teint jaune, un teint de drogué, songe maintenant Odile, affairé à piler cent grammes de coke sur la table en verre du salon. Leurs enfants de dix et treize ans sont à la campagne, ils se préparent à sortir. Lorsque Alain annonce qu'il compte aller chez Cris et Chuchotements avec Odile, le mari braque sur elle un regard dégoûtant, baveux d'intérêt. Alain n'ose pas exprimer ce pourquoi il est venu, Odile voit bien qu'il piétine, que l'autre fait semblant de prendre des nouvelles, mais au bout de vingt minutes de marivaudage ils repartent avec un gramme en poche, et Odile a honte pour Alain de son air ravi.

Devant la boîte, en se garant, Alain annonce à Odile qu'il a encore un petit quelque chose à lui donner. Odile imagine une trace de coke, ce qui serait la moindre des choses en contrepartie de la demi-heure surréaliste qu'ils ont passée chez les Le Grillon, mais Alain extrait de sa boîte à gants un collier en acier, avec une boucle où passer une laisse. Odile objecte que ça n'est pas son truc.

Ça n'est pas le mien non plus, la rassure Alain, mais dans ce genre d'endroits c'est un peu indispensable.

Odile réplique que si c'est la seule façon d'entrer, alors ils n'ont qu'à aller ailleurs. Elle ne mettra pas ce collier, même pas sous la torture. Alain glousse que la torture, ça peut s'arranger, c'est même l'endroit parfait pour ça, mais voyant que son trait d'esprit tombe à l'eau il change de ton, explique que si elle ne met pas ce collier, les hommes la prendront pour une dominatrice et chercheront à lui lécher les pieds.

Odile soupire. C'est donc un endroit où il faut se résoudre à battre ou être battue. Elle se voit déjà passer la soirée à chasser des hommes cagoulés cherchant à gober ses orteils. Effectivement, à côté de ça, l'idée du collier n'est pas si terrifiante.

C'est, en vérité, qu'Alain voudrait bien avoir l'air d'un dominateur. À l'intérieur du club, après avoir regardé ensemble une nana attachée au mur qui se faisait fouetter sur la chatte, Alain croise un type de sa connaissance et se désintéresse temporairement d'Odile. Pour ne pas perdre contenance, celle-ci commence à fureter. Elle visite des cabines où on fesse à bras raccourcis une jeune femme aux mains liées dans le dos, dans une autre c'est un grand barbu qui se fait sucer en fumant une clope, et fait signe à Odile de le rejoindre. Odile décline poliment du regard, s'éloigne, aperçoit un escalier qu'elle emprunte, à petits pas. Sur un premier palier, encore une femme attachée, encore des cordages autour des poignets, et partout, planant derrière une musique imbécile, les hurlements de celles qu'on flagelle aux quatre coins du club. Odile se sent maintenant complètement défoncée, mais débarrassée d'Alain, avec qui elle aurait frôlé le bad trip, elle se sent surtout libre, merveilleusement légère et libre, une plume poussée dans les étages par les haleines copulantes. C'est l'heure de stridence où, comme dans le Midi en plein été, tout semble grésiller, l'air ondule au sol, remué par la chaleur de l'ivresse.

La musique change petit à petit, de merde inconnue on passe à *I feel love* de Donna Summer, les lumières en haut des marches sont orange, deviennent roses, deviennent rouges, deviennent violettes, on repasse à l'orange, Odile sent son cœur battre au rythme de la chanson, elle avance comme en apesanteur, au fond du couloir il y a une chambre immense, tapissée de matelas, des alcôves bordées de stuc, on dirait qu'il n'y a personne dedans sinon cette musique qu'Odile trouve maintenant presque solide, incarnée dans ces lumières qui fondent lentement et vibrent, on dirait qu'Odile est seule, mais d'une alcôve émerge soudain un homme torse nu : il porte au cou un collier qui ressemble à celui d'Odile, c'est la première chose qu'elle voit. La seconde, c'est qu'il la regarde. Odile est tentée de détourner les yeux comme chaque fois qu'un homme la fixe, mais elle n'en sent pas le besoin. Il y a quelque chose dans ces yeux qui crie *Je t'attendais*. C'est suspendu dans l'air. Odile ne se demande même pas s'il est beau, elle reste plantée là à regarder l'homme qui avance vers elle, lentement. La regardant comme si la vie avait voulu et attendu cette rencontre : *Où étais-tu tout ce temps, Odile ?* Il avance vers elle et il tend la main pour caresser ses cheveux, sans ralentir un instant, certain de n'être pas repoussé, laisse glisser sa joue contre celle d'Odile, leurs bouches se cherchent un instant, inexplicablement elles se reconnaissent, *Oui, c'est bien toi, c'est fou mais c'est toi*, ils se regardent en silence, avec entre eux l'électricité provoquée par le fait d'avoir été si proches et de ne pas s'être embrassés, Odile sourit, elle le sent sourire contre son visage, leurs bouches se retrouvent et immédiatement celle d'Odile s'ouvre pour la langue de l'homme, qui doit avoir son âge, qui sent comme un garçon de sa tribu à elle, qui la touche comme un garçon reconnaissant sa femelle, avec ses cheveux en bataille et son torse glabre et son collier en acier il ressemble à un jeune esclave romain, Odile songe qu'ils ressemblent ainsi à deux petits esclaves que le maître massacrerait s'il les trouvait accouplés. Enfin c'est l'image qu'elle en concevra plus tard, pour le moment elle est dans un état de transe métaphysique, étendue à terre avec ce jeune satyre qui la caresse sous sa robe sans qu'ils aient encore échangé un mot, et Odile a les yeux blancs d'extase, elle ne les rouvre que pour trouver les lèvres du jeune garçon qui prend sa bouche avec sa langue, ils ont l'air de deviner exactement ce dont l'autre a envie, Odile ne s'est jamais sentie aussi présente quelque part. *Voilà l'homme de ma vie*, songe-t-elle alors qu'il entre en elle avec un regard de fureur religieuse, le destin a choisi de nous faire nous rencontrer là, dans un club où je ne voulais même pas aller, on n'a pas eu besoin de parler, on s'est reconnus tout de suite, ça sera dur à expliquer aux enfants, mais tant pis, on trouvera quelque chose, ils apprendront la vérité dans des lettres enflammées retrouvées après notre mort. Odile se dit soudain qu'il est possible que Dieu existe, qui sait ? Et elle pousse contre ses hanches en grinçant « Encore, encore, encore », pressentant au lointain un orgasme comme un cataclysme. Absorbée comme elle l'est par la poursuite du plaisir, elle n'entend pas Alain s'installer près d'eux, elle ne se rend compte que quelques minutes plus tard qu'il parle, il inonde le jeune gars d'ordres, « Baise-la, plus fort, fais-la jouir », c'est comme une insupportable friture sur l'onde qui relie Odile à son amant, elle se tord le cou pour le regarder la baiser par derrière et elle sent bien qu'il adorerait se débarrasser de ce vieux qu'il ne connaît pas et qui lui dicte sa façon de niquer, à moins peut-être que ce soit le jeu, c'est un soumis, elle est la soumise d'Alain, en présence d'un Maître la moindre des choses c'est de baiser sa soumise selon ses vœux ? *Dégage, papi*, pense Odile en essayant de faire abstraction de la voix nasillarde d'Alain qui entreprend d'une main sa queue molle, mais le vieux a brisé leur connexion, il leur tourne autour comme un moustique un soir de juillet au bord de la piscine, et le jeune homme finit par jouir avec un soupir qui ressemble à du soulagement – enfin, le vieux ferme son clapet !

Ensuite Alain entraîne Odile par le bras vers le rez-de-chaussée. Il a l'air agacé, il lui dit en souriant vous auriez dû demander ma permission, mais ce sourire sonne faux, Odile se dégage doucement de son étreinte, rétorque qu'elle n'a pas à lui demander l'autorisation de quoi que ce soit. « Si », réplique Alain, avec ce sourire du gars qui se fait piquer sa bouffe, mais qui par bonne éducation choisit de laisser faire, « lorsque vous portez ce collier, vous m'appartenez ». *Va te faire foutre*, songe Odile en se retournant vers le seuil de la chambre où se tient l'homme de sa vie, le jeune esclave allant au fouet, leurs regards encore une fois s'entrechoquent et Odile, faisant fi du vieux qui crachote des reproches, se rue vers lui. Cherchez Odile L. sur Facebook, s'empresse-t-elle de lui dire, Odile L., articule-t-elle en lui prenant les mains, comme en écho le garçon répète son nom, elle s'éloigne, il répète encore Odile L., on croirait que la milice de l'empereur vient de les séparer, et le cœur d'Odile, je le sens à son bras contre le mien, bat en se rappelant cette histoire, la fuite au bras d'Alain, elle revoit les lèvres du jeune homme former silencieusement les mots Odile L.

Sur les coups de trois heures du matin, tandis qu'Alain tremblote sur ses avant-bras au-dessus d'elle et qu'elle gémit pour ne pas s'endormir, Odile sent une révolte et un manque du jeune homme tels qu'elle mord dans la vieille épaule qui la surplombe, jusqu'à y appeler le sang.

Quelques jours après, Odile et Julien se retrouvent, dans une chambre d'hôtel excessivement luxueuse. Julien a bien fait les choses. Ils ont réservé deux nuits, le souvenir de leur étreinte, cette meurtrissure exquise, leur a donné des envies d'éternité. Odile s'est préparée à ce week-end en pleine semaine comme à un mariage. Une partie d'elle s'est disposée à disparaître du monde, à n'y jamais reparaître si leur union l'exige. Elle est arrivée plus tôt, par vice, pour brûler sur place de la hâte et de l'angoisse de le revoir, imaginer ses pas dans l'escalier, dévorée de désir et incapable de mouiller, avec pourtant une envie d'être prise à s'arracher la peau. Accoudée à la fenêtre pour fumer elle sursaute au moindre bruit, elle pense au fait qu'il doit être en train de marcher pour la retrouver. Et de penser à la même chose. Peut-être qu'il est comme elle incapable de bander, peut-être au contraire qu'il bande depuis ce matin sans pouvoir rien y faire, et qu'au moment où il traverse la rue des Martyrs pour entrer dans l'hôtel il sent distinctement sa bite et ça l'incommode un peu.

A posteriori, Odile se dit qu'elle aurait dû s'en douter, ça n'avait pas fonctionné comme la première fois. La poudre d'Alain devait bel et bien être de la MD, elle était complètement défoncée et elle avait donné à la scène une ampleur qu'un esprit sobre n'aurait pas pu concevoir.

Julien est un garçon moins grand que dans son souvenir. Il a un début de bedaine et un torse moins ferme aussi que dans ses souvenirs, ça se voit sous ses vêtements qui ne sont pas terribles, mais au-delà de ces détails mesquins, Odile sent que l'alchimie n'est plus là. Elle s'est fait la malle. Julien sort du boulot, elle arrive de ses cours, ça n'est pas l'entrée fracassante sur fond de Donna Summer avec de la MD pulsant dans les veines, et durant quelques secondes Odile et Julien sont un peu perturbés, ne sachant pas trop s'il faudrait baiser tout de suite ou bien discuter. Odile se souvient qu'à l'instant de croiser ses yeux, une petite étincelle s'est produite, un vestige de cette soirée quelques jours plus tôt – Julien a un regard très profond, qui vous sonde jusqu'au tréfonds de l'âme, Odile se sent cueillie à nouveau et le silence retrouve sa texture convulsive, il se rapproche d'elle, pose sa main sur ses cheveux – et là, oui, il se passe quelque chose.

Julien est un garçon qui aime limer pendant des heures, il aime bourrer, ça, il sait faire. Il est rapidement couvert de sueur, soufflant comme un jogger, il baise en somme comme un type qui a quelque chose à prouver. Et rapidement Odile s'emmerde. Ils font des pauses qui n'ont pas la lenteur exquise, hallucinée, des pauses qu'ils prenaient l'autre soir, c'est juste qu'ils ont un point de côté. Odile retient de cette première nuit un unique moment de grâce, Julien se branlait vigoureusement en la regardant et avait ordonné à Odile, d'un ton de contremaître impatient : « Fous-toi des doigts dans la chatte. » Ce qui, pour une raison qu'elle ne s'explique pas, avait excité Odile atrocement, et ils avaient baisé correctement pendant une demi-heure. Après quoi Odile avait réalisé qu'elle ne pourrait jamais trouver quoi que ce soit à dire à ce mec un jour et une nuit supplémentaires, malgré quelques instants charmants – ils n'avaient pas grand-chose en commun, aucune musique, aucun goût notable ne les unissait. Odile l'avait fait jouir deux fois de plus, par tendresse pour ce qu'ils avaient été, et puis elle avait trouvé une excuse pour prendre congé. Julien avait fait semblant de croire à son excuse ; le malaise devait être réciproque.

Si la rage m'a prise, si souvent, en pensant à Odile, c'est parce que je savais que nous vivions la même chose. Je l'avais toujours crue plus forte que moi, pourtant, et il me semblait que si elle ne se libérait pas de cette obsession terrible de plaire et d'être conquise, il n'y aurait décidément aucune issue portant mon nom. Je lui en voulais d'avoir guidé ainsi le début de ma vie pour nous entraîner dans ce marasme auquel nous donnions les jolis noms de jeunesse, de liberté, de libre consommation des corps.

Au-delà de mes vingt-cinq ans, les hommes ont arrêté de m'appeler salope. Ils ont arrêté de me saisir par la gorge, de me tirer les cheveux ; fini les gifles. Je m'en rends compte maintenant, au moment où ça me ferait envie. C'est plus facile de lever la main sur une petite fille que sur une femme. Et quand ça ne leur déplaît pas, c'est moins marrant. Le théâtre, c'est un art. L'art, c'est difficile ; et prétendre asseoir son autorité sur une femme consentante, c'est plus d'efforts que de faire peur à une gamine qui confond la brutalité avec le sexe tel que se le figurent les adultes. De sorte qu'en exprimant ces envies de violence, j'ai l'impression de leur faire l'effet d'une femme usée courant après les frissons de sa jeunesse, lorsqu'elle ne faisait pas semblant de crier, quand son cœur battait vraiment la chamade, quand sa chatte était serrée par la crainte, par l'angoisse, quand il fallait s'y inventer une place en dépit de la sécheresse, des contractions réflexe, lorsqu'il fallait l'enculer de force et qu'elle tremblait, lorsqu'elle disait : « Attends, doucement. » Maintenant, quand je dis *encore* et que je le pense, les hommes ont envie de douceur. C'est contrariant. J'ai souvent le fantasme de me glisser dans le corps que j'avais à vingt ans, et de les égorger tous. Souvent, pas en permanence ; quand je fume, par exemple, et qu'il me semble avoir toujours vécu pour et par eux.

Est-ce une conscience que je partage avec Odile ? Si nous en parlions, je crois qu'il n'y aurait plus moyen de nous mentir sur la mise en scène qu'ont été nos vingt ans, et bien avant ça, toute notre existence de petites filles. La danse ininterrompue qu'on exécute au bras des hommes, bon gré mal gré, dès qu'on a l'âge de penser à notre sexe, dès la première barrette dans les cheveux. Les amis des parents qui vous prennent sur leurs genoux et reniflent, dans la petite amourette qui vous attache à eux, l'apparition prochaine d'une créature dont on pourra satisfaire les élans. Vos minauderies et la façon dont ils y répondent. Les mères qui vous laissent vous peinturlurer pour les recevoir, vous transformer en une réplique maladroite d'elles et vous poussent obligeamment sur le seuil de la porte, regardez comme elle est mignonne, elle savait que vous veniez ce soir. *Vous savez comment sont les petites filles.* Les maquerelles originelles, qui vous fournissent en tulle et en volants, en mallettes de maquillage qu'on rince d'un coup de flotte, en petits escarpins à talons pour aller avec la robe de princesse.

Attention, qu'on ne se méprenne pas – le regard des hommes sur moi, c'est le chef-d'œuvre de ma vie. Je n'ai jamais rien voulu d'autre, et maintenant que je m'en fous, forcément, l'existence me paraît bien vide. Mon indifférence ne durera pas, je connais mes cycles, disons que je les connais mieux qu'à l'époque ; quand j'écris, les hommes me perturbent. C'est loin d'eux que je les aime le mieux. Mais j'aimerais profiter de mon dédain pour évoquer le dressage, car il n'y a pas d'amour pour les hommes qui se fasse sans dressage, c'est une question d'habitude, un goût acquis, patiemment travaillé, l'illusion du choix.

Ça n'est pas tant l'homme que *les* hommes. D'où me vient cette attirance pour les hommes en bande ? Je me souviens des dîners au jardin avec les amis de mes parents, venus avec leurs gosses. Il y avait toujours un moment de la soirée où je m'extrayais de mon groupe pour aller nonchalamment traîner dans les pattes des adultes, la main filant le long du dossier du canapé où mon père et ses amis d'enfance lançaient des plaisanteries que je faisais semblant de comprendre. J'errais dans leur chaleur comme un chat cherchant la bonne place, celle où pleuvraient les caresses. Quand on me demandait pourquoi je ne jouais pas avec les autres, je soupirais « Je m'ennuie ».

Un moniteur de colo, qui me voit pleurnicher parce que mes parents me manquent. Il s'assied près de moi, je ne sais plus de quoi nous parlons, mais je me souviens de son regard fixé sur un point, au loin :

— Tu vas être une très belle femme.

J'ai repensé, je repense souvent à cette phrase. J'allais entrer en sixième, j'avais la tête couverte de poux, des lunettes, je pissais dans le lavabo de la chambre la nuit pour ne pas devoir traverser le couloir sombre. Je pensais que ce type pouvait peut-être voir l'avenir, et je me suis souvent dit qu'il avait eu raison. C'est là que j'ai reconnu ma vocation ; mon métier, ce serait d'être une belle femme.

C'est toujours l'été lorsque je vois Odile, même hors saison, lorsque nous nous rendons chez ses parents à Paris. Elle transporte, jusque dans leur appartement de la rue Caulaincourt, les odeurs dont est pleine la maison du Sud : le pipi de chat, la Biafine, le plastique des bouées qu'on vient de déballer. L'hiver, Odile se parfume, il n'y a pas de lauriers-roses, pas de lavandin dont on se laisse imprégner des heures durant dans un hamac – c'est une eau de toilette un peu vulgaire que je retrouve, de temps en temps, dans la foule des magasins, sans jamais savoir quelle femme s'en est aspergée. Ça me paraît incongru, qu'on puisse, passé le collège, vouloir sentir comme ça.

Odile est inscrite au même lycée que moi. Elle s'attendrait, bien sûr, à ce que je plaque mes amies habituelles pour ne m'occuper que d'elle – et j'y pense, le jour de la rentrée, avec un peu d'effroi, je crains que dans une crise de jalousie Odile révèle tout de nous à mes copines pour me les aliéner. J'ai l'impression de voir resurgir dans ma vie normale un secret sombre, incarné par cette grande gamine à col Claudine, au regard louche. Mais Odile a bien mieux à faire. Elle est presque immédiatement avalée par un groupe de jolies filles qui ne nous accordent, à mes potes et à moi, que des regards désolés – et c'est là la supériorité que je prête à Odile, cette facilité à se glisser dans les hautes sphères de notre lycée sans avoir rien fait pour ça, sans même ces quelques semaines de mise au banc qu'on impose aux nouveaux élèves, pour regarder à quoi ils emploient leur solitude, et décider où est leur place. Les garçons à qui j'avais fini par arracher des morceaux d'attention la dévorent des yeux ; Odile est la reine des pulls lâches portés sans soutien-gorge et qui glissent le long de l'épaule, elle lance chez nous la mode du cabas tenu au creux du bras, qui nous laisse des meurtrissures rouges. Odile, avec ses regards en coin, sa fossette toxique, est de toutes les fêtes, de tous les verres au troquet en face du bahut. Elle se met à organiser des boums où je ne vais pas, des anniversaires sur des péniches à Paris, où les mecs apportent des bouteilles de vin sous leurs vestes. Mais nous partageons quand même encore le trajet du retour du lycée, c'est à cette occasion qu'elle me raconte sa première fois avec un élève de terminale ; et je hais Odile, ce soir-là, pour la suffisance avec laquelle elle parle de bite, ce mec avait une *bite magnifique*, Odile semble avoir découvert sa passion, et je crois alors que tout est fini entre nous, il n'y a plus lieu de se moquer ensemble des érections intempestives de nos camarades de classe et de l'odeur délétère qui les enrobe tous, non, maintenant il y a derrière cette odeur un monde auquel Odile appartient, et dont je ne suis pas.

Mais l'année suivante nous nous retrouvons ensemble en section littéraire ; Odile vient d'avoir seize ans, et voilà qu'elle entretient une relation avec un homme marié de trente-trois ans, un ami de sa mère – laquelle bien sûr n'en sait rien.

Je me souviens de son nom, des pseudos grotesques qu'il inventait, apparemment pour rire, mais surtout pour brouiller les pistes. L'histoire s'est sue, quelques années plus tard, et le père d'Odile s'est contenté de promettre à ce type que s'il reprenait contact avec sa fille, il viendrait manu militari lui casser la gueule et tout dire à sa femme. Ça m'a longtemps étonnée, je ne pense pas que mon père aurait manifesté un tel flegme.

Mais moi je n'ai rien promis. J'aime l'idée que cette épée de Damoclès soit à jamais suspendue au-dessus de sa tête, et j'aime l'idée de jouer avec le fil, ses milliers de fibres si fragiles.

Quand ils rencontrent Odile pour la première fois, lors d'un dîner, la femme d'Arnaud est enceinte de leur premier ; avec des gazouillis, Odile promène ses mains sur son ventre, l'assomme de questions. Chaque fois qu'elle lève les yeux, ceux d'Arnaud sont posés sur elle. Il la cherche, comme ça, toute la soirée ; et Odile, fatiguée déjà de la bite *magnifique* de son bachelier se sent rôtir dans la chaleur de ces yeux-là, de ce blasphème que représente l'attention de cet homme trop vieux pour elle, et qui la rejoint à la cuisine, empressé, sous des prétextes fallacieux. Il lui laisse son numéro de téléphone. Par texto, lui transmet une adresse mail factice au nom d'Alphonse Donatien, pseudonyme dont il signera ses messages durant quelques mois. Je sais qui est Sade, Odile ne fait pas le rapprochement, il me semble qu'Arnaud s'est trompé de cible.

Lorsque Arnaud entre dans la vie d'Odile, les cours de littérature du mardi matin deviennent passionnants. L'amant de terminale et les copines à la mode s'évaporent, je redeviens la confidente attitrée, celle à qui on raconte les grands frissons et qui les comprend. Odile arrive avec de nouveaux secrets, de longs mails où Arnaud écrit : *Tu me rends fou, je perds la tête, il faut que je te voie, je vais nous trouver un endroit, surtout n'en parle à personne.*

Arnaud fait bien les choses, il réserve pour Odile une suite au dernier étage du Concorde La Fayette. Lorsque c'est nécessaire, Odile se fait porter pâle. Arnaud lui offre de la lingerie, il lui fait boire des champagnes chers, des vins prestigieux. Odile n'a pas l'air de faire la moindre différence entre le sexe qu'on pratique avec les gamins de notre âge et celui-ci, le sexe des adultes, ou bien elle n'a rien à m'en dire ; peut-être parce que cette différence est indicible ? Je suis dévorée d'une affreuse jalousie. Je me relevais alors à peine de mon premier amour unilatéral (un moniteur de ski nautique de trente-quatre ans), et Odile entrebâille pour moi une porte derrière laquelle certains adultes, apparemment, n'ont pas ces scrupules imbéciles à l'idée de toucher une jeune fille.

Un jour, Odile arrive en cours avec un petit livret d'œnologie. Face à la science d'Arnaud, elle ne souhaite pas être en reste, il lui faut au moins connaître les différences entre merlot et syrah, cabernet et chablis. Je jette à ce devoir clandestin un regard plein de convoitise. Elle me propose de venir dîner avec eux dans Paris, mardi soir. Arnaud, qui connaît mon existence, a justement un ami qu'il pourrait me présenter, un ami de son âge, qui souhaite rester discret et avec lequel il ne veut pas partager Odile.

Je dis oui.

À la sortie du lycée, je me rue dans un magasin pour acheter des talons. Une paire d'escarpins en suédine noire, avec une grosse fleur en velours sur le devant. Je pressens qu'il ne faut pas mouiller les escarpins de ma mère dans cette histoire où se dissolvent tous mes autres intérêts. Odile invente pour nos parents une sortie au cinéma. Et nous partons pour Charles de Gaulle-Étoile, flageolantes sur nos talons, en bas noirs et en petite robe, de vraies adultes.

J'écris tout ça sans haine, parce que ça me fait rire, presque vingt ans plus tard, de me rappeler le restaurant chic avenue Montaigne, le pinard banal avec lequel Arnaud croit nous impressionner, sa gueule de faux Christian Bale en train de s'empâter et celle de son pote Mathieu, la petite quarantaine, qui se fait visiblement dans le froc rien qu'à l'idée d'être assis près de nous.

Odile et moi nous cherchons du regard, des fois que l'une d'entre nous se rappellerait si c'est un merlot ou une syrah, mais il est évident que les deux hommes en face de nous s'en foutent. Ils ont l'air fascinés par Odile, et je la regarde confuse ; je sens mon amour pour elle continuer à s'étioler, questionné par l'intérêt des hommes, exaspéré par cette jalousie nouvelle. J'étudie ses mimiques, sa façon grave de tenir son verre, de découvrir ses dents en un éclat de rire bref et de passer sa langue dessus avant de refermer la bouche. Je sais qu'ils regardent la vallée entre ses seins, le grain de beauté juste avant le col de sa robe et la bretelle du soutien-gorge qu'Arnaud lui a offert, pour continuer à tenir ses seins même en son absence. Odile dégage une odeur qui les étourdit, dont je bénéficie par ma proximité immédiate, mais Odile est déjà une femme, alors, et pas moi.

Évidemment, nous ne touchons qu'à peine à notre assiette, préférant porter régulièrement le verre à nos lèvres pour faire dames ; nous ne sommes pas ivres lorsqu'ils proposent d'aller en boire un dernier chez Mathieu, dont la femme et les gosses sont en vacances ; le restaurant n'était pour nous qu'une formalité avant d'arriver à ce qui nous intéresse vraiment, mais même ça, ils ne l'ont pas compris, n'ont pas reniflé la curiosité des petites filles pour ce curieux spécimen qu'est l'homme. Ils ne soupçonnent pas l'expérience froide que nous pensons faire sur eux.

Mathieu habite à Meudon. J'ai conservé une image précise du salon et de la baie vitrée, du canapé où Odile et moi, sur la suggestion d'Arnaud, ôtons nos robes. Nous nous dandinons un peu en nous cherchant des yeux, soudain inquiètes, ignorant ce qu'ils attendent de nous. Je regarde mes cuisses, elles me semblent énormes, la lisière noire des bas a dessus quelque chose d'un déguisement. Arnaud emmène Odile dans une pièce au fond du couloir, Mathieu me prend par la main pour m'attirer dans sa chambre à lui. Je n'ai pas la même tentation de révéler son nom ; peut-être parce qu'au milieu d'un 69 sur le lit conjugal, Mathieu m'écarte doucement de lui, s'assied au bord du matelas, et me dit en secouant la tête :

— Je ne peux pas. Je suis désolé, ça n'a rien à voir avec toi, mais je ne peux pas.

Layla, you've got me on my knees, Layla... Eric Clapton me rappellera toujours cette soirée ; l'appartement cossu où Mathieu m'offre une cigarette pendant que nous attendons Odile et Arnaud. Le goût persistant de sa bite dans ma bouche, la légère consternation de n'avoir pas réussi à le faire bander. Et Arnaud, une éternité plus tard, qui bondit nu dans le salon, Mathieu détournant les yeux de la poitrine d'Odile, de son sourire de coquine satisfaite. Mathieu et moi gardons pour nous, sur le moment en tout cas, le secret de notre échec. Ils nous fourrent cinquante euros dans la main pour un taxi, nous rentrons chez la mère d'Odile. Jusqu'au petit matin, Odile est bombardée de SMS énamourés, pendant que je dors d'un sommeil sans fond, le sommeil de quelqu'un à qui il n'est en fait rien arrivé.

Les mails et les textos d'Arnaud continuent à s'empiler, assortis de photos de sa queue dépassant de son peignoir, à des heures où sa femme attend au lit qu'il finisse de se brosser les dents. Odile baigne dans ce luxe, cette obsession d'elle, avec la désinvolture superbe d'une grignoteuse de fortune. Le personnage d'irrésistible salaud qu'incarne Arnaud, n'évoquant la morale que pour la pervertir, exerce sur moi un mélange de curiosité et de répulsion. Je meurs d'envie d'être comme Odile, corrompue.

Il se trouve qu'Arnaud m'a appréciée. Il suggère à Odile de m'inviter, un soir où il la rejoint au Concorde La Fayette.

La chambre n'est pas une suite, tout comme le vin n'est pas si cher, la lingerie pas si précieuse ; mais c'est une chambre dans Paris, dans un hôtel quatre étoiles, et je suis émerveillée pour Odile qu'elle soit cette femme à qui l'on offre ces privilèges. Le champagne est tiède, mais Arnaud me regarde, assis en face de nous à l'autre bout du lit. De quoi peut-on bien parler, quand on a trente-trois ans, à des filles qui en ont à peine seize ? Je ne garde aucun souvenir de notre conversation, mais je l'imagine très bien :

— Elle est mignonne, hein, ta copine Odile ? Vous vous connaissez depuis longtemps ?

— Depuis toutes petites.

C'est Odile qui aurait eu l'esprit de répondre ça, j'en suis sûre. Odile est la plus rouée de nous deux, la plus au fait de ce que les hommes aiment entendre.

— *Depuis toutes petites*, c'est trop mignon. Et vous n'avez jamais joué, toutes les deux ?

— Joué à quoi ?

— Vous savez bien. Au docteur.

— T'es bête. C'est dans les films, ça.

— Vous n'avez jamais essayé de vous embrasser ?

— Pfff, mais non.

La conversation a forcément duré plus longtemps, et peut-être Arnaud n'est-il pas aussi balourd, reste que je me retrouve bel et bien à lécher la chatte d'Odile pendant qu'Arnaud me prend à quatre pattes. Et ça a été un moment pénible de ma vie, parce que j'attendais la transfiguration, il me semblait évident qu'une bite d'adulte, c'était à des milliers de kilomètres de la bite de gamins de seize ans. Un monde allait s'ouvrir à moi, ça n'était pas qu'on m'avait menti toute ma vie, pour ce que j'avais pu finir par découvrir du sexe avec les garçons, j'avais probablement juste utilisé les mauvais instruments. En fin de compte, j'ai été triste, en baisant, parce que je me disais que là non plus je ne sentais rien, que c'était nul, que c'était peut-être toujours comme ça, et que ça leur plaisait quand même.

Après avoir joui, Arnaud extatique appelle son copain Tom, qu'il nous vend comme un mannequin de vingt-cinq ans, super bien foutu. Odile et moi sommes allongées sur le lit, sa jambe tendue agace du bout du pied la bite d'Arnaud, pendant qu'il markete l'affaire à Tom, lequel rechigne un peu :

— Écoute, mec, elles sont là devant moi. Si tu voyais ce que je vois, putain. C'est un truc de malade, il faut que tu viennes. Mec, je ne déconne pas avec toi. Je suis au Concorde La Fayette avec ces deux bombes atomiques de *seize ans*, mec…

— Moi j'en ai quinze, ai-je interrompu, ayant compris où se trouvait ma supériorité ultime sur Odile.

— *Quinze ans*, mec, l'une d'elles a quinze ans… c'est un délire complet, ramène-toi. Tu devrais déjà être sur ta moto, connard, magne-toi un peu.

Elles sont… putain, elles sont à tomber. Mais oui, je suis sûr. Allez, Tom, viens.

Tom se ramène enfin – une sorte de bellâtre à cheveux mi-longs, comme sorti d'un épisode de Beverly Hills. Là encore, je ne me souviens de rien, à part que je suis vexée parce qu'ils regardent Odile beaucoup plus que moi. Le reste c'est comme un rideau qui se baisse et se rouvre sur l'ascenseur, où Odile trouve une façon élégante et détournée de me dire que c'était bien, quand je l'ai léchée. Je baisse les yeux et dit bêtement « Ah, merci », c'est effectivement en la léchant que j'ai éprouvé le plus de choses, dont cette impression inquiétante d'être là, en compagnie d'un clitoris, tout à fait chez moi, avec des bites toquant autour comme des huissiers.

Cette mise en scène de nous deux date à peu près de ce moment-là, d'Arnaud. Je ne ressentais plus rien, ni venant d'Odile, ni venant des hommes, mais j'aimais ce grésillement autour de nous, le raidissement brusque des queues alentour, comme si une langue de feu au-dessus de nos têtes nous insufflait la connaissance d'un langage occulte. Et dans ce ressentiment pour Odile et sa marchandisation de nos secrets, a grandi mon obsession pour les groupes d'hommes, les grappes, les troupeaux, les régiments d'yeux braqués sur moi. Il me semblait que le silence de mes organes faisait naître une excitation supérieure, uniquement intellectuelle, jamais ressentie auparavant.

C'est seulement maintenant, tandis que je raconte à Odile cette histoire oubliée, que je réalise l'épée de Damoclès suspendue au-dessus de la tête d'Arnaud.

Aurait-il fallu lui en vouloir ? Odile lève un sourcil soucieux en entendant les mots d'abus, d'influence, que je hasarde. Odile admet que je n'ai pas tout à fait tort. Elle et moi en avions eu envie, pourtant. La sensation de liberté absolue que nous avions ressentie à seize ans n'avait-elle aucune valeur ? Quoi qu'il en soit nous le pensions. Qu'est-ce qui prévaut ? Le manque de conscience de ces hommes, ou bien notre naïveté ?

— Tu sais que je n'y avais jamais repensé ? Je veux dire, j'ai dû y repenser à un moment ou un autre, mais l'idée même de baiser à plusieurs, disons avec plusieurs mecs, ça n'est jamais revenu me hanter. Parmi une multitude de fantasmes, j'ai l'impression d'avoir fermé la porte à celui-là, peut-être parce que je ne savais pas quoi en faire, peut-être parce qu'au fond ça me gênait.

Odile a les yeux qui divaguent, elle semble chercher, au loin, le ruban sombre de la mer entre les arbres, en faisant tournoyer follement les olives dans son martini.

— C'est drôle, si je nous croisais maintenant dans l'ascenseur de l'hôtel, en train de monter vers la chambre où ce connard nous attend, je ne sais pas trop ce que je ferais. Je ne sais pas si je nous dirais de partir. Probablement que non. Je nous suggèrerais d'aller baiser des mecs de notre âge. Je n'ai pas le souvenir d'avoir souffert de cette histoire, enfin, pas plus que j'aurais pu en baver avec un mec du lycée. Arnaud, ça n'était pas le genre à me taper dessus, ou à exiger des trucs infâmes, même pas le genre à me briser le cœur, c'est moi qui ai fini par le larguer. Le fait qu'il soit plus vieux, et marié, ça ne joue aucun rôle dans l'envie que j'ai, a posteriori, de nous attraper la manche au moment où on s'apprête à toquer à la porte. Je le vois, enrobé dans son peignoir d'hôtel, avec sa gueule de calife à qui on apporte le room service. Pour moi, ce type, c'est juste un mauvais amant parmi une foule de mauvais amants.

— Auquel on ajoute quand même la dimension de l'immoralité. Et je ne te parle pas de ses potes.

— Oui mais est-ce qu'on s'est même posé la question ?

— Non. Je revois très bien la scène, pourtant. On était en cours de français, dans cette salle exiguë, celle où il fallait se planquer derrière nos livres pour se parler. Je me souviens que la prof a fini par nous faire asseoir séparément, parce que j'exerçais une mauvaise influence sur toi. Tu m'avais raconté cette histoire avec Arnaud et je n'ai pensé qu'à son âge, j'étais émerveillée, je te sentais presque bénie. On avait peur de se faire choper, c'est sûr, mais on ne pensait qu'à la rouste qu'on risquait de se prendre, on nous aurait prises, nous, pour des vicieuses. Comme si la tentation de l'homme plus âgé existait, oui, mais qu'il fallait composer avec, faire comme si elle n'était pas là, parce que sinon ce serait entièrement notre faute. Ça n'était pas aux hommes de se retenir ; eux étaient libres de manifester leur convoitise. C'était à nous de ne pas y faire attention, de grandir à côté de la corruption qu'ils représentaient.

— Corruption… !

Odile éclate de son grand rire qui fait sursauter, et m'a inspiré, souvent, des envies de violence.

— Comme tu y vas. Ça se voit que tu as grandi chez les catholiques.

— À peu près autant que toi, Odile.

— Non, lorsque je suis arrivée dans ta classe, je sortais de dix ans dans le public.

— Donc, tu es en train de me dire que c'est l'école catholique qui m'a permis de reconnaître que ce qu'Arnaud et sa joyeuse bande faisaient là s'appelle bel et bien de la corruption. C'est intéressant, comme quoi tout n'est pas à jeter dans le catholicisme.

Odile se souvient-elle qu'après la Belle au bois dormant nous avions échafaudé mille scénarios, lesquels, je m'en souviens à présent, comportaient tous une aiguille ? Il y avait, entre nous, cette problématique de l'engourdissement. L'une de nous, souvent moi, se voyait administrer un poison, ou alors elle était attachée, ou bien estourbie par une chute, quelque chose l'empêchait d'accorder son consentement éclairé aux activités qui occupaient l'autre. J'ai gardé une tendresse pour le coup de la fléchette au curare, volée dans un dessin animé quelconque, qu'Odile me soufflait dans le cou depuis l'autre bout de la salle à manger. Je m'attrapais la gorge, j'avais à peine le temps de me retourner pour déterminer la provenance de la fléchette, je voyais Odile et sa sarbacane imaginaire, et je m'effondrais au sol, vidée de toute capacité de me défendre. Je n'aurais jamais eu l'idée d'inverser les rôles, j'étais bien trop heureuse qu'Odile soit toujours cet agresseur aux mains baladeuses, qui déplaçait mes membres, les écartait, les disposait comme on dispose d'une poupée à taille humaine. Et lorsqu'elle se lassait de soulever mes vêtements, Odile relevait sa robe, s'asseyait sur mon visage, parce qu'il lui semblait, Dieu sait pourquoi, que c'était ce qu'un homme aurait fait avec une femme inconsciente. Lorsque nous avons grandi, ce prétexte fallacieux a disparu, nous n'avions plus besoin de fléchettes ou de liens, sachant parfaitement ce que nous recherchions, et comment l'obtenir. Mais quelque chose en moi est resté bloqué à cette période où on aurait pu me faire n'importe quoi, je n'étais plus en mesure de m'y opposer. C'était pratique, ça n'était pas moi la vicieuse, moi je ne faisais que subir – cela ne disait rien de ma vertu, de mon intégrité, cela ne disait rien de ma sexualité en général, j'étais un réceptacle. Aujourd'hui encore, à trente ans, il me semble plus facile, plus humain, de me retrouver à la merci de tant d'hommes, à la condition que je ne sois pas capable de dire non. Car si je pouvais dire non, j'ai l'impression qu'il faudrait que je le dise. Peut-être est-ce là la différence entre Odile et moi : elle dit oui de toutes ses forces, et j'espère toujours que mes oui se sentent derrière mes non.

Et puis Odile est tombée amoureuse, et soudain la représentation d'elle-même est passée au second plan. Elle avait toujours ce tropisme de l'homme plus vieux, ça ne l'a jamais lâchée, mais c'est un tropisme que nous sommes nombreuses à partager, sans avoir pour autant connu Arnaud. Gabriel est une grande joie qu'Odile a songé aussi à me raconter, et sans doute a-t-elle commencé à le faire par message, un message qui a grossi la cohorte de ceux par lesquels elle me transmettait ses dernières aventures, ses déconvenues, ses moments de grâce, mais les hommes s'étaient mis à me pré-occuper aussi, et je n'avais plus en moi cette place pour Odile, la place qu'elle exigeait.

Ça n'a pas duré, avec Gabriel, il était marié et père de famille, mais Odile et lui se sont aimés très fort, suffisamment longtemps pour que se mette en place cette douce habitude qui abolit le besoin de paraître, celui de se contenir ou de feindre l'abandon. Odile en oubliait même les quinze ans qui les séparaient. Elle a fait pour eux, deux ans durant, des rêves très bourgeois d'installation à la campagne, dans la maison de Cavalaire que ses parents songeaient à revendre au plus offrant, se voyant mère, femme au foyer, s'imaginant retirer les chaussures de Gabriel le soir venu avec la même dévotion que dans leur chambre d'hôtel, c'est-à-dire avec un long regard en frottant sa joue sur ses pieds, un regard qui durerait la vie entière. Les étoiles ne se sont pas alignées, Gabriel a fini par retourner vers sa femme, Odile a rencontré son mari, elle a pu garder la maison et n'a pas une seule fois frotté sa joue aux pieds de Laurent avant de lui servir le dîner, mais il lui est arrivé plusieurs fois de recroiser son premier amour à Paris. On pourrait presque dire qu'ils sont devenus amis, c'est ce que dit Odile en tout cas, il y a entre eux une camaraderie qui parfois, le soir, la remplit de nostalgie et de la vague tentation de lui écrire un message moins amical que les autres. Odile a fait l'expérience du don de soi avec Gabriel, de l'absence totale de peur, de la conviction d'être à lui et de le posséder aussi. Odile ne va pas me faire le récit scrupuleux de leurs deux ans d'histoire, mais, maintenant qu'on en parle, elle se rappelle une matinée à Paris et une soirée, plus tard, lors d'un week-end clandestin à Berlin.

Ce matin-là, il y a bientôt dix ans, Odile fait venir Gabriel dans une piaule délabrée du Xe arrondissement, un truc improbable trouvé sur un forum en tapant les mots « hôtel pas cher Paris ». C'est une vieille femme qui loue des chambres de son grand appartement, mais le loyer qu'elle en retire ne doit pas couvrir les travaux déjà trop longtemps repoussés. Lorsqu'elle voit Odile débarquer, sa silhouette pressée de jeune fille de bonne famille, ses joues roses, la vieille femme fait une drôle de tête. Habituellement, elle dépanne des familles sans le sou en attente d'une meilleure solution, des travailleurs pauvres venus de province passer un entretien d'embauche, une foule de gens dans l'embarras. Odile est, à l'époque, dans un embarras notable, mais elle porte les vêtements que ses parents lui achetaient lorsqu'elle vivait encore avec eux, elle a, noué autour du cou, le carré Hermès que sa mère a oublié chez elle. Dans son sac, il n'y a rien d'autre que les vingt euros exigés par la vieille dame pour deux heures, ça et son paquet de clopes. Elle ne souhaite pas rester la nuit : la vieille hausse un sourcil. Utiliser son appartement comme garçonnière, voilà bien une nouveauté ; le fait de la savoir occupée dans sa cuisine, même si ladite cuisine se trouve au bout de l'appartement, séparée par une demi-douzaine de cloisons, devrait couper ses moyens à n'importe quel couple clandestin, ou bien la jeune fille s'imagine-t-elle qu'elle loue à des professionnelles, ce que n'a pourtant pas l'air d'être Odile. Elle changera d'avis, brièvement, en voyant apparaître Gabriel – mais lorsque Odile se jettera à son cou, rose de plaisir, la vieille renoncera à comprendre ce qui amène chez elle cette jeune fille riche et ce vieux gars qui ne peut pas être à cent balles près pour baiser dans des conditions correctes.

Et Gabriel effectivement, en voyant l'endroit, se demande ce qu'ils foutent là. Mais Odile est si joyeuse dans la clarté sombre de la cour sur laquelle donne la fenêtre triste, que Gabriel commence à déboutonner sa chemise en riant. Un gamin de l'âge d'Odile lui sauterait dessus sans autre forme de procès ; lui a une réunion cet après-midi, pas question d'arriver au boulot avec un costume en tire-bouchon. Odile le suit des yeux tandis qu'il plie précautionneusement ses vêtements, en un mot se prémunit contre les dégâts matériels que leur amour entraîne.

Lorsque Odile regarde Gabriel, la sérénité avec laquelle il expose son ventre de jeune père, les poils blancs sur sa poitrine, elle se demande pourquoi il lui faut, à elle, l'obscurité pour se sentir bien. Sa chair, par rapport à la sienne, est d'une fermeté de fruit encore à peine consommable. Odile sent que Gabriel regarde ses seins ; il aime les gros seins, qui ballottent lorsqu'on baise. Si Odile avait compris ça, elle ne chercherait pas à cacher le ballottement de ses hanches lorsqu'elle se déplace du lit à la fenêtre, pour faire entrer de l'air.

— Reste comme ça, pour voir ? demande Gabriel depuis le lit, une clope pas encore allumée à la main.

Tournée vers la cour, Odile ne bouge pas, elle fixe un merle sur le toit en sentant le regard de l'homme sur elle, précisément sur ses fesses.

— Écarte un peu les jambes ?

Gabriel a la voix d'un homme qui s'amuse à changer la disposition d'un mannequin dans une boutique, et Odile s'exécute docilement, envoûtée. Il doit regarder tout en haut, à la jonction des cuisses, une partie qui n'existe pas sur les mannequins.

— Montre-moi ton cul, un peu.

C'est le « un peu » qui conquiert Odile. Son cul, elle le lui montre avec complaisance, il n'a même pas besoin de demander. Ce qu'il entend par « un peu », c'est qu'Odile écarte ses fesses et se penche en avant comme pour toucher ses pieds, et qu'elle reste ainsi sans bouger, « un peu », c'est-à-dire quelques minutes, c'est-à-dire très longtemps, quand quelqu'un en profite pour regarder les moindres plis de votre trou du cul. Et là Odile se dit qu'elle a bien choisi la chambre. Dans cette piaule au plafond fissuré, dont les murs suintent la flotte, Odile, en cuisant sous le regard de Gabriel, pense aux ouvriers qui ont dû y caresser leur femme, leur maîtresse, elle pense aux étreintes frustes sur le coin du lit, dans une tentative de ne pas froisser les draps. C'est le contexte parfait, l'ambiance idéale pour montrer son trou du cul à un homme qui a quinze ans de plus qu'elle, et lorsque Gabriel se lève lentement du lit pour venir vers elle, Odile entend comme un bourdonnement dans ses oreilles et se met à frissonner. Oh, le rampement de l'homme qui se rapproche. Comme le sommet des fesses semble soudain doté d'antennes qui piaillent *Il arrive, il arrive, alunissage prévu dans trois, deux, un*... mais l'alunissage ne vient pas, Odile est courbée jusqu'au sol et voit les pieds nus de Gabriel près des siens. Aucun bruit sinon ce bourdonnement omniprésent, ce bruit de surchauffe prête à tout faire disjoncter. Pourtant Odile sent bien qu'elle ne mouille pas ; elle n'y parvient pas, ce qui se passe là est trop accaparant intellectuellement, elle essaie de deviner ce que Gabriel regarde et ce qu'il en pense, ça n'est pas *Prends-moi* qu'il faudrait dire, quelque part il l'a déjà prise, il a pris son cerveau, et à partir de là son corps restera imprenable, il faudrait dire *Touche-moi*, briser cette contemplation qui est comme une violence. Gabriel pose ses mains de chaque côté de ses hanches, il ne bouge pas. Il malaxe la chair de sa taille, on dirait un acheteur essayant un vélo pour lequel il s'apprête à dépenser une certaine somme. En regardant entre ses jambes, Odile constate qu'il dépasse largement sa largeur à elle, il dépasse des deux côtés, elle est un vélo trop étroit pour lui et cette pensée éclate en elle comme une vague de chaleur, depuis qu'ils ont baisé ensemble Odile se répète souvent cette phrase, lâchée lorsqu'il l'avait pénétrée pour la première fois, *Putain tu es tellement serrée*, il l'avait articulée lentement en lui calant petit à petit toute sa longueur, la procédure avait l'air complexe, il avait grogné encore *Putain* en atteignant le fond, et c'est là qu'Odile avait joui, sans même vraiment s'en apercevoir, un grand tremblement qu'elle n'aurait pas conçu comme un orgasme sans une certaine déception, et depuis, lorsqu'elle prend le métro et se laisse bercer par le roulis, Odile pense à cette phrase, elle croise et décroise les jambes et se revoit remplie par Gabriel.

— Tu as un trou du cul parfait, tu sais ?

Derrière elle, Gabriel s'agenouille, écarte ses mains d'un revers des siennes, écarte ses fesses en les malaxant entre ses longs doigts, ça fait un peu mal et Odile ferme les yeux, comme si cette stratégie rendait son trou du cul moins voyant.

— Détends-toi, dit Gabriel en enfonçant son visage entre ses fesses, Odile se sent piquée par la barbe, se contracte instinctivement, alors Gabriel répète « Détends-toi, nom de Dieu ». Contre sa cuisse, elle voit se dessiner les contours de plus en plus précis d'une érection, elle s'agrippe au radiateur en dessous de la fenêtre, le merle sur le toit a disparu, Odile est maintenant seule, sans distraction, avec ce visage enfoui en elle, ces dents qui mordent et cette langue, tout de suite, qui s'en excuse.

Des années plus tard, Odile songe qu'elle n'a pas assez aimé sucer Gabriel, elle ne l'a pas assez sucé, c'est tout, elle aurait dû en profiter davantage. Leurs heures d'amour sont passées, il n'est plus question d'y revenir, mais chaque fois qu'ils se voient, elle reconstitue en silence ses souvenirs de sa bite, elle s'en souvient très bien, elle regrette de l'avoir sans doute sucée n'importe comment, elle ne savait rien encore, maintenant elle la sucerait beaucoup mieux, elle y mettrait toute son âme, elle s'appliquerait à la prendre en entier et à s'étouffer complaisamment dessus, elle est sûre qu'elle le ferait jouir en moins de cinq minutes et parfois la tentation est terrible de lui demander s'il n'aurait pas envie d'une pipe, comme ça, par amitié. Elle sortirait sa queue de sa braguette et Gabriel comme à l'époque glisserait un doigt dans sa culotte, l'entortillerait et jouerait comme ça à faire voyager le tissu entre ses lèvres pendant qu'elle le pomperait avec allégresse, ce serait gentil comme tout, après ils s'embrasseraient et Odile mouillerait en sentant ce mélange de salive et de foutre couler dans sa gorge, Gabriel allumerait une cigarette, en somme ils auraient passé une excellente soirée et personne n'en voudrait à personne, on y repenserait quand on serait vieux, en se disant qu'on était tellement jeunes, tellement toniques.

Gabriel, parfois, dit « Tu te souviens de cette chambre miteuse dans le Xe ? » Et elle éclate de rire : « Oui, c'était bien la chambre la plus miteuse de notre histoire », les chiottes étaient de l'autre côté du salon et la serviette de bain ne couvrait qu'à moitié la taille de Gabriel, par peur de croiser nu la vieille dame, il avait pissé debout dans le lavabo rouillé dos à Odile qui écoutait, troublée, le bruit de la pisse coulant le long de l'émail, émue par cette impression d'avoir changé son amant en ouvrier aux mains calleuses, qui ne faisait pas grand cas de pisser devant elle. Maintenant qu'ils ont grandi et que la chambre du Xe est loin derrière eux, elle n'oserait pas lui dire qu'elle avait eu très envie de le sucer à cet instant précis, tandis qu'il devait repartir bosser, cette minute un peu vulgaire, froissant ses envies de romantisme, avait réveillé en elle un besoin terrible de se faire malmener, de se faire pisser dessus peut-être, saccager, pour se fondre et rester toujours dans la trivialité de cette chambre au lit couinant.

Lorsque Odile parle de cul à Gabriel, elle s'efforce toujours d'imprimer à ses mots une forme d'humour, pour ne pas laisser voir que la convocation de leurs souvenirs l'excite. Elle lui reparle de ce club échangiste glauque à Berlin, il y a une éternité. Gabriel avait loué pour eux un joli deux-pièces à Mehringdamm, il tenait à sortir, ayant entendu parler des nuits de Berlin. Odile connaissait mal la ville, mais elle y avait quelques connaissances qui lui avaient indiqué un club sur Gneisenaustrasse. On ne pourrait pas être déçu, l'endroit existait depuis la chute du Mur, c'était une adresse incontournable pour les amateurs de ce genre de soirées. Ils y étaient allés un lundi soir, ce qui a posteriori était vraiment une idée foireuse, mais le soir même Odile vibrait d'excitation en poussant la lourde porte. Une différence essentielle avec les clubs libertins de Paris était qu'ici, on se déshabillait entièrement. Pas de lingerie affriolante, pas de robes courtes en viscose pour dégager la croupe sur la piste de danse, pas de costume pour les hommes – non, on était complètement à poil. En entendant ça, Odile, prise d'une crampe de panique, avait failli tourner les talons. Mais Gabriel avait montré la force d'esprit qui lui manquait : « On a payé, on est là, autant voir ce qu'il s'y passe. » Alors Odile, vêtue en tout et pour tout de son petit baise-en-ville noir, suivie du ventre de Gabriel et puis de Gabriel lui-même, avait ouvert la marche dans un club quasiment vide. Les seuls clients, en peignoir éponge, étaient assis devant un grand écran qui diffusait une série policière allemande. Pas la queue d'une femme dans cette assemblée morne, pas la queue non plus d'un couple occupé à baiser. Ils avaient entrepris de visiter un peu, un gin-tonic tiède à la main, assommés par l'allure déprimante des lieux. Les talons d'Odile résonnaient sur le parquet balayé par des spots multicolores – le bruit, les couleurs lui rappelaient les boums de ses quinze ans, avant que tout le monde arrive ; à leur passage, les rares clients avaient paresseusement détourné les yeux de leur série, intrigués. Lorsqu'on dépassait le salon, il y avait quatre autres salles, qui, sans le moindre occupant, paraissaient immenses. Et aussi un sauna. Odile avait dit : « Bon, quitte à ne pas baiser ce soir, autant se faire dix minutes de spa. » Gabriel avait estimé que c'était une bonne idée.

Dans le sauna, d'ailleurs d'une propreté remarquable, Odile s'était décidée à sucer Gabriel. L'air était d'abord tiède, mais le barman en les voyant entrer dans la cabine avait cru leur faire une faveur en activant les turbines, et peu à peu un souffle brûlant avait commencé à sourdre des quatre coins de la pièce. Gabriel tenait Odile par sa queue-de-cheval et ponctuait d'un mouvement de hanches les allers et retours de sa tête, les jambes écartées comme à la maison. Odile avait fermé les yeux, étouffant de chaleur contre les poils du ventre de Gabriel et l'odeur entêtante de sueur et de sperme qui montait de ses couilles, elle n'avait pas entendu, ni vu, un homme entrer dans le sauna et s'asseoir à côté d'eux. C'est lorsqu'une main s'était posée sur son dos qu'elle avait jeté un regard à Gabriel, qui avait doucement hoché le menton, appuyé sur sa tête pour lui enjoindre de continuer à le sucer, pendant que cette main inconnue caressait ses fesses et les écartait, presque poliment. D'un discret coup d'œil entre ses cuisses, Odile avait repéré un ventre énorme, une grosse queue rose déjà dressée. Elle aurait, normalement, dû se lever et signifier au nouvel arrivant qu'ils ne souhaitaient pas être interrompus, mais Odile avait refermé les yeux : si Gabriel ne disait rien, alors il fallait ne rien faire. Au bout de quelques minutes, presque par courtoisie, Odile avait songé qu'il fallait peut-être se montrer gentille avec cet inconnu qui malaxait sa chatte par-derrière. Gabriel, d'un regard, lui avait donné le feu vert, les yeux fermés, Odile s'était retournée et avait gobé la queue rose, résolue à ne rien prendre en considération qu'elle, à n'être entourée que de queues, séparées de leurs propriétaires.

La queue rose avait rapidement giclé dans sa bouche, l'homme avait remercié Odile, proposé de la baiser, mais Gabriel avait poliment décliné et ils étaient ressortis ensemble du sauna. Odile se sentait anesthésiée, au bord de la crise cardiaque. Ils s'étaient étendus un moment sur les banquettes d'une chambre vide, aux murs hérissés de poulies et de cordages.

— Avec cette chaleur de gueux, j'ai pas réussi à jouir, avait marmonné Gabriel en se branlant, presque négligemment. Et pourtant, nom de Dieu, c'était tellement excitant de te voir sucer ce mec, j'ai dû me retenir un peu trop et j'ai loupé le coche.

— On peut peut-être arranger ça, avait lâché Odile, et elle s'était allongée sur le ventre, accoudée contre les cuisses de Gabriel, ouvrant la bouche sur sa bite qui sentait maintenant l'eucalyptus du sauna.

Comme par magie, quelques minutes après, la porte s'était ouverte : peut-être n'y avait-il plus rien à la télé, peut-être le bruit s'était-il répandu qu'il y avait une femme dans l'établissement, en tout cas Odile avait soudain entendu le bruissement d'une chambre qui se remplit, et immédiatement elle avait fermé les yeux. Elle faisait confiance à Gabriel pour décider, en leur nom, qui pouvait la toucher, et s'il fallait qu'elle finisse recouverte d'hommes, ainsi en serait-il. Elle pressentait que si Gabriel la laissait libre de choisir, à voir la touche du public présent, Odile refuserait tout le monde – or le but d'un club échangiste n'était-il pas de se faire baiser à couilles rabattues ?

On l'avait fait mettre à quatre pattes. Une main qui n'était pas celle de Gabriel avait appuyé sur son dos pour la faire se cambrer, une autre avait baissé sa tête sur une queue, dont elle ne reconnaissait pas l'odeur non plus. Quatre, six, huit mains naviguaient sur elle au même moment, saisissant un sein, une fesse, des doigts s'emmêlaient dans les poils de sa chatte, tiraient dessus.

— Regarde, avait ordonné Gabriel, dont la voix lui paraissait très lointaine, Gabriel qui devait l'observer de loin se faire saisir par tous ces inconnus, Gabriel qui probablement se branlait en même temps.

Odile faisait semblant de ne pas entendre, et Gabriel avait répété, plus fort :

— Regarde, regarde, Odile.

Mais Odile ne pouvait pas ouvrir les yeux, c'était son droit ultime et on ne lui retrancherait pas, on pouvait tout lui faire, mais il faudrait lui crever les yeux avant qu'elle les ouvre. Ça commençait à lui plaire, pourtant, toutes ces odeurs qu'elle ne connaissait pas, et ces grognements de bête dans son dos, au-dessus de sa tête, ces gouttes de sueur tombant sur elle à un rythme régulier. Un objet, je suis un objet, pensait Odile, c'était une idée réjouissante, être cet objet dont on ignorait les pensées, qui semblait en être dépourvu, et qui se laissait pénétrer. Les hommes, du reste, se montraient très bien élevés. Odile entendait régulièrement Gabriel acquiescer, dire « Oui, allez-y » ; Odile se disait *Je suis à lui*, c'était une pensée presque plus excitante que la mécanique qui se déroulait alors. Odile ne craignait pas que les choses prennent des proportions inquiétantes, de temps à autre on se penchait à son oreille, « Ça va ? », lui demandait-on, Odile hochait la tête et poussait des hanches de plus belle, résolue à abandonner la chambre comme un champ de bataille fumant.

Dans les affres de la passion, on avait forcé sa bouche à prendre deux queues en même temps, Odile avait frémi un peu, secoué la tête comme un âne agacé par des mouches, par peur de se trouver défigurée, mais au même instant une queue énorme s'était enfoncée en elle et la bouche d'Odile s'était ouverte toute seule dans un cri de surprise et de plaisir, engloutissant malgré elle les deux assaillants. Ils avaient joui l'un après l'autre sur son visage et dans ses cheveux, pendant que l'autre derrière, voyant les giclées blanches atterrir à quelques centimètres de ses mains, avait poussé un grognement de bête en jouissant à son tour, et en quelques minutes l'espace s'était vidé, Odile était restée la croupe en l'air, distendue, et c'est en entendant le silence qu'elle avait rouvert les yeux. Gabriel était assis non loin d'elle, sa queue à la main :

— Tu as joui ? Lui avait-il demandé en se rapprochant.

— Je ne crois pas.

— Moi non plus. Tu veux que je te finisse ?

Et comme souvent, ça n'était pas la baise qui avait fait jouir Odile, mais cette simple suggestion, *Tu veux que je te finisse ?* résonnant dans sa tête pendant que Gabriel la labourait et grognait dans son cou des grossièretés qui ressemblaient à des mots d'amour :

— Putain, c'était tellement bandant de te voir recouverte de tous ces mecs, je bandais tellement que j'arrivais même pas à jouir, je voulais te regarder plus longtemps, ma queue me déconcentrait, quand tu en as sucé deux en même temps, j'ai cru que j'allais exploser, mais je me suis retenu, je ne voyais plus que ton magnifique cul blanc avec cette grosse queue qui dépassait, c'était tellement bandant Odile, tellement bandant, putain, c'était bon, au moins, dis-moi ?

Et comme Odile ne répondait pas, incapable de s'extirper les obscénités que Gabriel attendait manifestement d'elle, il l'avait retournée sur le ventre d'un geste, l'avait saisie à la gorge et s'était branlé contre sa bouche, en répétant « Ouvre, ouvre, je vais jouir », et Odile avait encore joui en tirant la langue et en sentant les jets de foutre barrer son visage de longues griffures chaudes.

Dans la salle principale, où la télé diffusait maintenant des clips, Odile était reparue comme une vedette de cinéma. Des hommes, assis à leur table, avaient levé leur verre à son adresse, et au bar le serveur impassible leur avait servi une bouteille de crémant médiocre, indiquant qu'on la leur offrait. Le succès avait été total, Odile et Gabriel en avaient ri comme des bossus, cul nu sur les tabourets en skaï.

Comment peut-on partager de tels souvenirs et ne pas en concevoir l'envie de baiser à nouveau lorsqu'on se retrouve ? C'est ce que se demande Odile chaque fois qu'elle voit Gabriel, qu'ils sont seuls un instant et qu'il lui demande ce qu'elle a fait de drôle dernièrement. Odile sait ce que Gabriel entend par « drôle », mais depuis cet évènement, Odile n'est pas ressortie en club, et très franchement, elle n'a plus vécu quoi que ce soit d'aussi drôle.

Quand j'écoute Odile, je me rends compte que je réfléchis en même temps à des choses qui n'ont rien à voir, ou alors si, mais de loin, disons que ça ne concerne pas directement ce qu'Odile est en train de me raconter. Pendant qu'elle me parle de ce mec en rinçant son évier, je me dis que chacun, fondamentalement, baise comme il parle un langage, avec son accent, ses spécificités, ses irrégularités, ses faux amis, et que ça n'est pas si étonnant, au fond, si les gens ont la sensation au début de mal baiser ensemble. On passe peut-être à côté d'amants merveilleux parce qu'on peine tout d'abord à se comprendre, l'autre fait des gestes et dit des mots qui nous sont inconnus, et il faut du temps pour s'habituer à une langue qu'on n'a jamais entendue. Si on y pensait de cette façon, peut-être qu'on en voudrait moins aux mecs et aux nanas qui n'embrassent pas comme on aime, comme on croit aimer, et qu'on ne rappelle pas le lendemain.

Par exemple, si je baisais avec Odile... ? La gamine que je connaissais a disparu, c'est une Odile nouvelle que j'ai devant moi. Est-ce que je me souviendrais de tout ? Est-ce que je saurais me rappeler le mouvement de langue qu'elle préférait, celui qui la faisait jouir à coup sûr en trente secondes ? Est-ce qu'elle se rhabillerait direct après, ou est-ce qu'elle me rendrait la pareille ? Et si elle me rendait la pareille, le ferait-elle par politesse, ou parce qu'elle en a envie ? Est-ce qu'on s'embrasserait avant, je veux dire est-ce qu'on ferait l'amour ? Est-ce que ce serait du partage ou bien un service prêté pour un rendu, comme avant ? *Est-ce qu'Odile ferait du bruit ?*

Bien sûr, qu'Odile ferait du bruit. La politesse, qui se résumait auparavant à rester parfaitement silencieuse, consiste maintenant à faire un minimum de bastringue.

— Tu aurais encore envie de baiser, toi ? demande Odile un soir, avec trois martinis dans le sang.

Qu'elle prétende ne pas connaître la réponse, cette fausse innocence qui a toujours été sa griffe, m'énerve, je plisse les yeux pour lui répondre, sans hâte :

— Je ne sais pas. Je te regarde, je te trouve belle, je te reconnais, je ne peux pas dire que ça m'excite, ça ne me provoque rien. Je ne vais pas y penser le soir.

Long silence circonspect d'Odile, dans lequel croît cette peur imbécile de l'avoir vexée et perdue, alors je reprends :

— Et pourtant, je sais que si on baisait, ce serait bien. Je sais qu'à toi je pourrais faire des choses vraiment terribles.

— Ce serait comment, si on baisait ? Vu qu'on n'a pas envie l'une de l'autre.

— Je ne crois pas qu'on ait jamais eu envie l'une de l'autre. J'avais envie de l'effet que ça me faisait de te lécher. Et ensuite, j'avais envie que tu me lèches, et de jouir en y repensant. Je ne sais pas si je pourrais rebaiser avec toi en croyant sincèrement que tu as envie de moi, ou moi de toi.

— Mais tu le ferais quand même ?

— Il y a quelque chose dans ta distance qui encore aujourd'hui m'excite. Ce flegme que tu y mettais. Le jeu pour toi, c'était que je te fasse jouir et que tu me fasses jouir en échange, il n'y avait là-dedans rien de personnel. Ce qui est devenu un trip en soi, c'est l'idée d'une fille qui m'utilise égoïstement – à tel point que si je veux m'imaginer jouir, moi, il me faut inventer un autre personnage qui prend ma place. Dans mon idée des rapports entre filles, il y en a forcément une qui lèche, et une qui est léchée, et elles ne peuvent être les mêmes. Il y en a une qui sert d'objet à l'autre, qu'elle soit vivante et contienne une âme, c'est un accident. C'était malencontreux, à l'époque, que nous soyons copines, qu'il faille jouer normalement après. On se faisait faire nos basses œuvres.

— Mais ça marcherait peut-être encore.

— Ça marche toujours, la preuve étant que lorsque je suce un mec, ou que je le branle, disons dès lors que je m'occupe de lui sans rien attendre pour moi, je m'imagine qu'il se sert de moi. Toute ma sexualité s'est organisée autour du dédain que tu mettais à me faire jouir. À tel point que lorsque tu me léchais en premier, je ne savais plus qui être, à quoi penser.

— Je suis désolée, je ne pensais pas que tu le vivais ainsi.

— Bander, c'est toujours survivre à quelque chose.

— Que c'est beau, se moque Odile.

— Je ne l'ai pas vécu comme une souffrance, c'est devenu une scène originelle, un complexe, autour desquels je me suis articulée. Et à entendre ce que tu me racontes, tu n'as pas l'air moins bardée de complexes que moi. Je pense que je suis devenue une baiseuse de compétition justement parce que je tirais mon plaisir du plaisir que je donnais.

— Mais maintenant qu'on sait ce qu'on fait, pourquoi on le fait, moi ça m'intéresserait de te lécher.

— Peut-être que ça arrivera.

— Je pense, enfin non, je suis sûre, que ça me plairait, de te servir d'objet à mon tour.

— Pas d'objet, ça n'est pas vraiment le terme, c'est plutôt une histoire de servante et de maîtresse. C'est dans ces termes-là que je pensais à nous, et que je me suis mise à penser en règle générale, quand je me branlais.

— Une maîtresse et sa servante ?

— Et toutes les variations qu'on peut imaginer. J'ai eu mes périodes, il y avait en effet la marquise, en costume d'époque, et sa petite bonne qui veut absolument garder sa place.

— La petite bonne finit par aimer ça ?

— La petite bonne n'en a pas envie, elle le fait parce qu'elle n'a pas d'autre choix, mais *effectivement*, si la maîtresse décidait de pousser son investigation sous les jupons de sa domestique, elle s'apercevrait qu'elle mouille. Ensuite, il y a eu les couvents de jeunes filles, avec les bonnes sœurs vicieuses qui viennent dans les dortoirs après minuit se faire rendre des services sous peine de cafter les péchés des pensionnaires auprès des prêtres.

— Pas mal. Compréhensible.

— Ensuite, il y a eu les prisons pour femmes. Personne ne s'intéresse au sort de ces criminelles, personne ne les croirait si elles parlaient de sévices sexuels venant des surveillantes. Et pourtant, les surveillantes leur accordent des privilèges pour les regarder baiser entre elles et se faire des choses innommables. Et puis toutes les formes de hiérarchie possibles.

— Et les mecs ?

— Je n'ai jamais su quoi faire des mecs quand je me branlais. J'aimais – j'aime – l'idée de la pénétration, je l'aime à la folie, même, mais c'est leur regard qui me gêne. Je ne sais pas à quoi l'employer. J'aime l'idée d'être vue, regardée, bien plus que l'idée de regarder moi-même, mais je sais que devant leurs yeux, je ne peux pas être totalement moi. Disons que je ne suis plus le « moi » que j'étais avec toi, je ne suis plus le « moi » jouissant. Ça m'est arrivé une fois, de me branler en pensant à deux mecs qui me prenaient. Je devais avoir vingt ans. Ça m'a pris une demi-heure pour jouir, je me retenais de penser à ma petite bonne et à mes reprises de justice, je ne sais pas pourquoi d'ailleurs il fallait absolument que je réussisse à jouir sur un fantasme hétéro – reste qu'il a fallu que j'imagine les gros plans, la sueur, les grognements, pour y parvenir enfin. J'étais dans la douche, j'avais dévissé le pommeau, et je me sentais coupable de bouffer toute cette flotte. Ça m'a laissé une impression terrible d'être une peine-à-jouir. Pourtant, quand je ne me branle pas, c'est-à-dire quand même la majeure partie du temps, ça ne me viendrait pas à l'idée de penser à des filles. Une partie adulte de moi aime la comédie du sexe avec les hommes, la montée des escaliers, les jeux de séduction. Et une partie infantile de moi, celle qui est pour toujours avec toi, n'a besoin pour jouir que de cette friction muette, mais sans elle il n'y a pas de plaisir possible. Et parfois, parfois, ces deux parties se reconnectent.

— Et les plans à trois ?

— Je me regarde faire. Ce qu'il me faudrait c'est une demi-douzaine de mecs sur moi, pour ne plus réfléchir, ne pas avoir le temps de réfléchir.

Odile se claque l'épaule, balance la dépouille d'un moustique au loin. C'est un geste qui m'est aussi familier que le décor qui nous entoure, la nuit qui tombe sur le jardin immense, encombré d'arbustes, la chaleur qui sourd des dalles autour de la piscine. Les journées partagées entre les heures blanches, où personne, à part nous, ne sort, et les soirées où le monde semble reprendre sa respiration, ose enfin glisser le nez hors de son trou, et parce que la lune en été est si haute, le jardin baigne dans une obscurité de scène de théâtre, une nuit américaine animée par cet œil blanc immense dans le ciel, ce projecteur à la lumière duquel on pourrait presque lire son journal.

Enfants, pendant que tout le monde faisait la sieste, Odile et moi enfilions nos espadrilles pour aller muser au jardin, à la recherche de nouveaux endroits où accrocher le hamac. Dans le Midi la nature nous paraissait pure, propre, la terre était sèche, les épines de pin qui craquelaient sous les semelles en corde faisaient un matelas moelleux, pour peu qu'on trouve la bonne position et qu'on s'y tienne. Entre les branches des pins parasols le ciel était uniformément bleu, du sol montaient des odeurs de sève et d'eucalyptus qui nous amollissaient. Petites, nous jouions ici à nous perdre, il y avait de quoi, quelques hectares où prétendre s'être égarées dans la jungle, des arbres hérissés de boas constricteurs, sous les grosses pierres plates où nos mères faisaient sécher les maillots se trouvaient des insectes dont une seule piqûre pouvait donner la mort. Grandes filles, nous avions gardé l'ivresse d'aller ramasser des pignons au pied des arbres pour les manger en silence, les doigts noirs de suie, à l'heure où le grésillement des cigales semblait préfigurer un incendie. Et les heures s'égrainaient, paresseusement, dans la chaleur sèche de la palmeraie, le maillot d'Odile pendant à une de ses chevilles, tandis que des processions de fourmis faisaient des allers-retours entre notre barre de céréales et leur fourmilière, cachée dans les restanques. Plus à droite, disait Odile, non, pas comme ça, plus doucement, ce qui me vexait terriblement parce que je me trouvais pour cette activité une forme incontestable de génie, alors je relevais un instant le museau, imperceptiblement, laissant sa fente convulser à l'air libre, Odile trop fière n'osait pas protester, elle attendait, l'air sortant de mes narines faisait trembloter les poils entre ses fesses. C'était ma vengeance sur elle, essayer de lui tirer un bruit, même un bruit de protestation, lui faire émettre une musique quelconque, plutôt que ce silence égoïste. Les halètements qu'elle ne pensait pas à retenir en jouissant me révolutionnaient ; j'aurais pu jouir aussi, tout de suite, si j'avais seulement pensé à me branler en même temps, c'est un pli que j'aurais dû prendre quand Odile ne se sentait pas l'âme altruiste, mais ç'aurait été rendre les choses trop réelles. La famille sortait de sa torpeur, partait à la plage ; je restais sur un matelas à lire, au bord de la piscine, mon maillot gluant entre les cuisses, comme une marque d'infamie. Je me glissais jusqu'aux toilettes du premier étage, où se taisaient enfin les cigales et le grésillement de l'été ; et là, dans une odeur de chlore et de désinfectant, au-dessus des piles d'*Entrevue* que les parents achetaient en été, un pied sur la porte et un autre sur le mur, je me faisais jouir frénétiquement, redoutant d'entendre les pas d'Odile dans les escaliers. Une fissure au plafond, où dentelait la peinture jaune, n'en finissait pas de me rappeler ses cuisses enserrant mes oreilles.

— N'empêche que tu as fini par te refaire baiser par plusieurs mecs, dis-je à Odile qui s'applique à fumer toutes mes cigarettes.

— Oui, mais c'était avec Gabriel, c'était autre chose. Je veux dire que je n'y suis jamais retournée pour moi, par fantasme. À Berlin, je n'ai fait qu'obéir au mouvement, Gabriel voulait sortir, on est sortis, et cet épisode a eu lieu, mais ça n'est pas quelque chose que j'ai pu intellectualiser, concevoir pour moi-même. C'est peut-être, comme tu le disais, cette première scène avec Arnaud et son pote, ou bien avant, Arnaud et son autre pote marié, l'imbécile qui t'a repoussée quand on était chez lui. Ça ne m'intéresse pas, de leur faire plaisir. J'ai envie qu'on me fasse plaisir, à moi. Que tous ces mecs se donnent du mal, pour moi.

Odile est allongée sur un transat, dans un rayon de lune. Sa fossette se creuse, elle a l'air d'une odalisque vicieuse, jamais rassasiée, jamais pleine, qu'on s'épuiserait à vouloir satisfaire. Si j'ai grandi, moi, en métabolisant l'esclavage qui était le mien auprès de cette grande fille qui sentait le chlore et le chat, si j'ai fait de son manque de considération le ressort principal de mon imaginaire sexuel, on dirait bien que pour Odile, c'est la servitude à laquelle sont réduits ses amants qui constitue le véritable piment de ses ébats. Elle n'est jamais assez choyée, assez obéie, et s'il lui faut opérer un seul mouvement vers l'autre, servir à son tour, toute forme d'abandon est impossible. Il aurait fallu qu'Odile trouve une autre Odile.

— Mais si tu devais organiser ça pour toi, si tu devais baiser avec tout un tas de mecs en même temps, ce serait qui ? hasardé-je.

— Un truc bien cliché, un truc qui me ferait honte, impossible à raconter.

— Même à moi ?

— Sauf à toi.

Odile sourit :

— Tu te souviens de Paul ?

— Je crois que si je perdais la mémoire, je parviendrais quand même à me souvenir de Paul.

— C'est ça que je voudrais. Une espèce de créature poilue avec des bras comme des jambons de Virginie, qui parle à peine ma langue – d'ailleurs, qui ne parlerait pas du tout. Mais j'en voudrais sept, huit, des comme ça.

— Des ouvriers, alors.

— Je sais, je sais comment ça sonne. On dirait le fantasme d'une petite bourgeoise qui s'emmerde…

— Allons donc. Avec un père qui était constamment couvert de cambouis, et ton incapacité à arrêter de réfléchir, ça me semble au contraire plein de sens. Ce qu'il y a dans la foule des hommes, c'est le symbole de la virilité, une espèce d'instinct de brutalité que des millénaires de civilisation n'ont pas pu domestiquer. Ça n'est pas comme être présente pour un ou deux hommes. Et le concept d'ouvrier, le type un peu mal dégrossi, qui travaille avec ses mains, pas doux, pas précautionneux…

— Si, je le sais bien, c'est du classisme qui n'essaie même pas de se cacher. Des mecs qui sentent un peu la sueur, qui respirent fort. Un plan comme une faille spatio-temporelle, je m'en souviendrais comme d'un rêve super réaliste. Tu te souviens des histoires que tu inventais ?

— Quelles histoires ? C'est toi qui inventais nos jeux.

— Non, tu te souviens mal, et je ne sais pas si c'est fait exprès, pour coller à ta narration, mais je t'assure que c'est toi qui inventais les histoires. La fille naufragée sur une île déserte et l'autochtone qui lui porte secours, rappelle-toi. La sorcière et les prêtres qui viennent la torturer pour lui faire avouer son alliance avec le diable, ça aussi c'était toi. Et après Paul, on a passé un été entier à traîner près des chantiers sur le port, c'était grotesque, et je pense qu'on a frôlé la mauvaise rencontre un certain nombre de fois.

Maintenant qu'Odile le dit, je revois vaguement les boucles d'oreilles cheap achetées sur le marché, la Vespa des parents sortie du garage, la clé trouvée sur une plinthe au-dessus de la porte.

— C'était donc bel et bien moi, tout ce temps, l'influence délétère ?

— Tu as redessiné tes souvenirs pour qu'ils aillent dans ton sens. Bien sûr que c'était toi, l'influence délétère.

Est-ce que suis devenue conteuse d'histoires parce que c'était l'espace où je déguisais l'envie que j'avais d'Odile, de son plaisir, et du mien, toujours soumis à ses caprices ?

En sortant acheter le pain, ce matin, Odile a croisé son reflet dans une vitrine. Ça l'a arrêtée net, de trouver plaisante la silhouette qui se dessinait. Il faisait une chaleur infernale, pas un pet de vent n'agitait les branches paresseuses des lauriers qui répandaient dans les rues une entêtante odeur d'amandes. Odile soudain s'est souvenue qu'on était en juillet ; qu'elle avait envie qu'on la regarde. C'était l'été dans le sud-est de la France, merde. On n'a encore rien inventé de plus érotique.

En faisant la queue à la boulangerie, Odile a remarqué des échafaudages sur la grande place. Drôle d'idée, des travaux pendant la haute saison. Étonnant, que la mairie ait laissé passer un projet pareil, avec tous les touristes qui encombrent les rues. Odile, sa baguette sous le bras, a cherché longuement à savoir ce que l'on ravalait exactement.

Derrière un nuage de poussière blonde, elle a repéré des gars qui balançaient des briques, des morceaux de murs, dans un enchevêtrement de seaux percés qui formaient un long tuyau, partant du deuxième étage d'un petit immeuble, jusqu'à une benne titanesque devant l'entrée. C'était la maison d'une vieille dame qui venait de recracher son acte de naissance, à l'âge canonique de cent sept ans. Odile voyait ces volets ouverts pour la première fois ; aussi loin que remonte sa mémoire, déjà petite, lorsqu'elle et moi chassions son ballon de volley dans les ruelles, seule la fenêtre de la cuisine restait ouverte, c'était la vigie de cette dame, on l'y voyait, avant midi et après seize heures, accoudée dans son tablier, à surveiller les allées et venues. Elle n'aimait pas les enfants, et le ballon d'Odile allait toujours rebondir contre sa façade, alors la vieille levait son poing en glapissant. Aux heures les plus chaudes de la journée, il fallait redoubler de précautions, car la vieille sortait une chaise de camping devant sa maison, à l'ombre d'un magnolia planté sur la grande place. Par la porte d'entrée entrouverte, on devinait un vestibule sombre, un bouquet de lavande séchée ; une armoire normande dans le fond de la salle à manger bouffait la lumière qui s'aventurait entre les murs. Cette maison, c'était l'antre de la sorcière, on avait peur d'y entrer, on se demandait ce que cette vieille aux jambes cagneuses y trafiquait sur trois étages.

Maintenant que les volets sont ouverts, on y voit des enfilades de pièces vides, des mecs à la carrure de bestiaux qui s'y déplacent en portant un tas de trucs. Odile s'est attardée un peu trop longtemps devant la cuisine, un type lui demande de ne pas rester là, rapport aux gravats qui tombent dans la benne à quelques mètres d'elle.

— Ça va tout vous saloper votre jupe, ajoute le mec en montrant une trace crayeuse sur la hanche d'Odile. La jupe est de fait déjà salopée, elle a dû s'appuyer contre un truc sale.

En brossant le tissu bleu du plat de la main, Odile s'éloigne, elle se répète les mots du mec qu'elle n'a d'ailleurs pas bien vu, « Ça va tout vous saloper votre jupe », il a dit ça avec douceur, comme pour se faire pardonner son « Restez pas ici, madame ».

Lorsqu'elle repasse quelques heures plus tard, au plus fort de la chaleur, sous le magnolia où la vieille s'asseyait, ce sont maintenant six travailleurs qui déjeunent. Celui qu'elle connaît déjà lui fait face, Odile détourne le regard, elle a reconnu ses bras, mais elle ne veut pas voir le reste, il lui suffit de savoir qu'ils sont six en tout, probablement plus jeunes qu'elle, à part celui qui doit être le contremaître, ou le chef de chantier. Dans le silence bourdonnant de la place baignée de soleil, Odile entend qu'ils échangent un mot sur elle, et elle fait claquer plus fort ses mules pour ne rien en comprendre, jusqu'au coin de la rue où elle s'arrête un instant, à bout de souffle. Elle a bien remarqué qu'elle rentrait son ventre sans même y penser, et pour quelle raison, nom de Dieu ? Pour cette grappe d'ouvriers en salopette, couverts de sueur, qui bouffent leurs sandwichs affalés sur des chaises pliantes ? Même avec les kilos de grossesse qu'elle n'a pas encore tous perdus, Odile serait entre ces grosses pattes velues comme un petit ortolan, les os délicats, le cou facile à rompre d'une pression un peu franche sous la dent, quelque chose en somme de trop goûteux pour leurs palais grossiers – et, bien sûr, dans cette comparaison concoctée là, au débotté, pendant qu'elle reprend sa respiration, Odile sent bien qu'elle va y penser, qu'elle y pense déjà, c'est trop tard. Pour rentrer chez elle, Odile fait un détour qui lui évite de repasser devant les ouvriers, elle ne veut pas qu'ils puissent penser, et se dire entre eux, que la petite dame avec sa jupe cherche les ennuis.

Mais en fin d'après-midi la petite dame repasse, son panier à la main, elle a oublié les fraises du dessert. À ce point-là de son obsession unilatérale, grandie dans la moiteur des heures de sieste, Odile en est à lever le menton bien haut en frôlant les échafaudages ; qu'un œil extérieur ne puisse s'imaginer, si quelque chose arrivait, qu'elle en avait envie. Il faudra qu'on lui force la main, qu'on la saisisse par la taille au ras des fenêtres, qu'on l'arrache littéralement de son chemin habituel.

Un sifflement la fait se retourner ; un mec, assis sur une planche au niveau du deuxième étage, lui fait signe de la main.

— Vous pourriez me relancer mon briquet ?

— Votre briquet…

— Il est juste derrière vous par terre.

Odile s'accroupit pour ne pas révéler trop de ses cuisses ; d'un geste souple du bras, elle lance le briquet, qui rebondit, ricoche et vient s'éclater non loin de là où Odile l'a ramassé, dispersant ses pièces un peu partout.

— Merde, dit Odile en lâchant son panier. Désolée.

— C'est pas grave, je vais demander aux collègues quand ils reviennent.

— Vous voulez mon briquet ? J'en ai un dans ma poche.

— Attendez, je vais descendre, j'avais qu'à pas être aussi paresseux.

— Je peux essayer de vous le lancer…

— Surtout pas, j'arrive !

Celui-là, Odile l'a bien vu, elle le regarde pendant qu'il enjambe la rambarde, elle entend, étouffés, ses pas dans la maison vide, qui se rapprochent de plus en plus, et lorsqu'il sort de la maison par le vestibule, elle voit que ça n'est pas son genre de mec. Ça pourrait être son genre de torse, en revanche – il a l'air d'avoir des épaules larges et une quantité de poils, qui s'échappent par le col de son tee-shirt gris.

— Y a plus rien à faire pour lui, dit-il en regardant le ressort du briquet éventré.

— Je crains que non, renchérit Odile, et elle lui tend son briquet à elle. Voyant qu'il se penche clope au bec elle allume sa cigarette, troublée dans le silence qui précède la première expiration pleine de fumée.

— Merci, dit le gars avec un sourire, avant de s'engouffrer à nouveau dans la maison.

Odile fait bonne figure jusqu'au coin de la rue ; là, elle reste quelques minutes, sans trop comprendre pourquoi. La tête lui tourne, y a pourtant vraiment pas de quoi en faire une histoire, merde, elle a prêté son briquet à un mec, point final – mais le soir venu, Odile s'endormira crucifiée dans son lit, revivant l'échange et passant mille fois encore sur le seuil de la maison de la vieille, dans des tenues et à des heures différentes.

Le lendemain, elle le revoit – il est avec un collègue, ils ont l'air de bien s'entendre – son ouvrier lui fait un signe poli de la tête en passant et là, évidemment, le cerveau d'Odile manque d'exploser, deux ouvriers, elle se retournerait presque, mais se reprend au dernier moment, et jusqu'au coin de la rue elle se demande s'ils ont vu, aux lignes de son cou et de ses omoplates, deviné l'envie qu'elle avait eu de les regarder pour s'en gorger mieux le soir, seule dans son lit.

Il faudrait que ça se passe en pleine journée. Lorsqu'il fait tellement chaud qu'on pourrait devenir fou. Quatorze heures, c'est l'heure blanche. Au grésillement dehors on entend bien qu'il est dangereux de sortir de chez soi ; les volets bleus sont fermés, l'odeur des lauriers-roses est à son comble, et on plaint les pauvres fous dans la rue qui marchent à grands pas vers le premier platane venu. C'est l'heure où les ouvriers d'Odile font une pause, elle les imagine au jardin – il y a un petit jardin derrière, qu'Odile enfant a vu à travers une enfilade de pièces sombres. Odile entre. Il n'y a pas un bruit dans le vestibule, pas plus dans la salle à manger, ça n'est qu'en pénétrant dans la cuisine qu'elle entend des gens qui parlent, ils sont assis au jardin sous la marquise, alors Odile avance…

— Qu'est-ce que tu fous là, au fait ? C'est bien beau tout ça, mais où est le prétexte ?

— Quel prétexte ?

— Pourquoi tu viens les déranger pendant leur pause déjeuner, c'est quoi ta raison ?

— T'as pas tort. Pour leur demander qui a entrepris ces travaux, et en quoi ils consistent ? Je leur dirai que je connaissais la dame.

— Il faudrait que tu prennes tes aises. Parce que si tu obtiens la réponse immédiatement, t'auras l'air con. Il faudrait – Odile –, il faudrait que tu portes ta robe rose, celle qui est très courte.

— Non, non, j'aurais l'air de venir me faire baiser.

— Exactement, tu t'assiérais sur la balancelle de la vieille, tu ne ferais pas trop attention à tes jambes. Les mecs se demanderaient ce que tu viens faire ici.

— Et après ? Même si on voyait sous ma robe, ça ne serait pas une excuse suffisante pour me sauter dessus. Non, je passerais pour une folle.

Il faudrait imaginer un soleil qui tape plus fort que jamais. Odile entre, elle a son prétexte en tête, elle voudrait savoir qui fait des travaux chez cette chère madame Nouvel, elle aime tant cette maison. Mais lorsqu'elle arrive sous la marquise et qu'elle les sent, plus qu'elle ne les voit, tous là, rassemblés, Odile ne trouve plus ses mots. Heureusement que l'un d'eux lui dit « Bonjour », Odile répond « Bonjour », comme si elle s'apprêtait à débiter son sketch. Mais soudain elle se retient, elle songe ; le grésillement des cigales n'a jamais été si fort, c'en serait presque insupportable. Elle peut, oui, s'enquérir de la nature des travaux, ce qui ne la mènera finalement à rien, sa robe ne sera pas remontée assez haut pour dissiper tout malentendu. Ou elle peut simplement ne rien faire. Rester plantée là jusqu'à ce qu'on lui demande ce qu'elle vient faire ici. Là encore ne rien dire.

— Non, se reprend Odile. C'est trop tôt dans la journée. Quand il fait jour les gens ont toujours plein de principes.

— Il faudrait que tu y ailles le soir, alors. Le dernier soir du dernier jour, lorsqu'ils remballent leur matériel parce que le chantier est fini. Comme ça si jamais certains avaient encore des scrupules, ils seraient rassurés par le fait qu'ils ne te reverraient jamais.

— Mais là-dedans on ignore la proportion de mecs mariés, qui, peut-être, n'ont pas envie de tromper leur femme, ceux à qui je ne plais pas...

— Oui, mais dans ce cas, on ne peut plus rien imaginer.

— Et ceux qui n'ont juste pas envie de niquer une meuf entre collègues.

— Tu m'as dit que c'était majoritairement des jeunes.

— Et s'ils me renvoyaient chez moi ?

— Je ne sais pas, Odile. Franchement ça me paraît impossible. Pas avec ta robe rose.

La robe rose, c'est celle que portait Odile lorsque nous avons rencontré le type qui habitait près de chez elle, l'été de nos dix-neuf ans. J'avais la même en bleu, on les avait achetées dix euros au marché de Cavalaire, pensant les garder quelques mois. J'ai fini par perdre la mienne, mais celle d'Odile réapparaît chaque été, le rose est un peu passé, les coutures commencent à fatiguer, on pourrait avancer qu'Odile a un poil grossi du cul en dix ans et que la robe ne retombe plus avec la même désinvolture, mais quand je la vois sur son cintre au milieu des autres fringues je repense à cet été-là, le dernier à vrai dire, avant que nous cessions de nous parler ; possible qu'il y ait en moi une faiblesse structurelle pour cette robe.

À cette époque, la maison n'avait pas encore été retapée, le jardin était le même fouillis de lentisques que lorsque nous étions petites, et la haie qui nous séparait des voisins avait de grandes trouées, par lesquelles le chien d'Odile passait sa vie à s'évader. C'est à l'une de ces occasions que nous avions fait la connaissance de Paul, un Irlandais qui louait la villa d'à côté et craignait pour la vie de son chat. Il avait rapporté le chien, un soir, en le tenant par le collier d'une façon précautionneuse. On le sentait légèrement agacé : pouvait-on faire en sorte de garder le chien chez nous ?

Les parents d'Odile n'étaient pas là, nous étions seules, nous lui avions montré l'état des haies : on ne pouvait pas garantir que le chien reste là. Mais j'allais essayer, j'avais envie de faire plaisir à Paul, dont le torse couvert de poils faisait sur Odile et moi très forte impression. Il devait avoir une petite quarantaine d'années, et cette poitrine fournie, assortie à son grand âge et à son accent, nous avait révolutionnées des jours durant. Odile était persuadée qu'il avait une *belle bite* – la formule était restée en moi suspendue, provoquant la même défiance, la même jalousie qu'au lycée. Je ne trouvais pas les bites très belles à l'époque, j'hésitais encore entre les hommes et la chatte d'Odile, qui m'avait tout appris, et cette façon qu'elle avait eue de choisir son camp immédiatement m'avait un peu peinée. C'était quoi, une *belle bite* ? Et elle y connaissait quoi, Odile ? Pour moi l'objet était lié à l'idée de douleur, je supportais la bite alors plus que je ne la savourais. Qu'avait compris Odile, encore une fois avant moi ? Et dans mon envie de Paul, une envie immédiate, engloutissant le reste comme un feu de forêt, il y avait l'urgence de renverser le sort, l'avoir avant Odile, à la place d'Odile.

Maintenant que nous savions qu'il existait, qu'il bouquinait dans le jardin à portée de nos bruits, Odile et moi avions commencé à glousser la journée entière autour de la piscine. Nous choisissions notre musique avec le souci de ne pas déplaire à Paul, possiblement de l'attirer chez nous pour boire un verre de rosé. Je voyais bien soudain le soin que nous mettions à nous habiller le soir, lorsque Paul était le plus à même de sortir de la maison pour courser le chien. Nous avions cessé d'attacher nos cheveux, dont la masse nous gênait continuellement, dans l'espoir que Paul soit à la fenêtre de sa chambre (un soir, il était apparu torse nu, vêtu d'un pantalon de pyjama, sorte de bête humaine se détachant sur la pleine lune). Et lorsqu'on l'entendait siffloter pour appeler son chat, nous haussions un peu la voix ; les regards d'Odile sur moi s'attardaient, envisageaient la représentation à venir, si jamais le besoin se faisait sentir. Plus d'une fois, elle avait été sur le point de suggérer de baiser, pour que le bruit attire l'attention de Paul – je lui en avais beaucoup voulu d'utiliser nos jeux pour en donner une version cinématographique à un homme.

Un soir où il nous avait à nouveau rapporté le chien, avec un demi-sourire confus, Odile s'était empressée de lui offrir une bière. Paul était resté, avait entrepris de se rouler une cigarette avec notre tabac, et puis voyant que nous fumions un joint, avait tiré dessus une fois ou deux. Il était venu ici avec sa femme, elle avait des amis à Ramatuelle, il n'aimait pas la plage, il détestait Saint-Tropez, il préférait rester au jardin et peindre, sa femme et lui se croisaient, cet été-là, plus qu'ils ne passaient leurs vacances ensemble. Elle l'avait appelé vers vingt et une heures ; Paul s'était éloigné pour répondre qu'il prenait un verre chez des potes, avec un accent irlandais tellement épais qu'Odile m'avait demandé de traduire. C'était bon signe, selon moi, qu'il s'éloigne pour raconter un bobard à sa femme – signe de quoi, exactement, je n'en savais rien, mais je me sentais excitée, j'aurais voulu, comme à tant d'autres moments de ma vie où les hommes m'intéressaient, qu'Odile disparaisse pour me retrouver seule avec Paul.

Mais sans la robe rose d'Odile, je serais peut-être encore en train de lui tenir une conversation bancale en anglais, avec mon mauvais accent. Il était revenu, glissant son portable dans sa poche, disant que sa femme allait bientôt rentrer. J'avais sorti une autre bière du frigo, nous avions repris notre discussion, je traduisais régulièrement les interventions d'Odile, dont l'anglais laissait à désirer. Je voyais bien que Paul la regardait, qu'il était ému par cette aura qui entourait Odile, et j'étais désemparée par le besoin de lui plaire aussi, de lui sembler utile autrement qu'en tant que traductrice.

Étourdie de bière et d'herbe, je cherchais des yeux mon avantage sur elle, comme toujours, j'essayais de trouver son cou trop gras, ses yeux un peu globuleux, et c'est en voulant discriminer ses cuisses par rapport aux miennes que sa chatte m'avait sauté aux yeux. Odile était assise en tailleur sur le banc, en face de nous, les yeux dans le vague elle fumait, enrubannée de fumée épaisse, semblant tout à fait inconsciente que sa robe révélait la bande étroite de sa culotte, ladite culotte lui rentrait entre les lèvres et une fois que les yeux avaient été happés par cette vision on ne voyait plus que ça, ces deux grandes lèvres moussues, comme bâillonnées par le tissu blanc. Ça m'avait pris plusieurs secondes pour réaliser que je ne rêvais pas, j'avais fébrilement cherché Odile des yeux, appelé son nom sans précipitation pour n'alarmer personne. Odile avait tourné la tête vers moi, les sourcils haussés : « Mmmh ? »

Paul à côté de moi avait vu lui aussi. Ce qu'il nous expliquait de ses études à Glasgow mourait dans sa gorge, mais par bonne éducation, il avait détourné le regard, s'était repris à grand-peine. Mes yeux passaient fébrilement de ceux d'Odile à son ventre, rebondissant follement, et elle avait fini par comprendre, par réflexe elle avait passé une main discrète entre ses jambes, touché, compris, blanchi, elle s'était levée en bredouillant une excuse, avant de disparaître dans le salon ouvert – et Paul et moi étions restés là à côté l'un de l'autre, assommés par la vision, mon cœur battant de m'être ainsi fait voler le projecteur.

Paul s'était raclé la gorge. Il m'avait demandé si Odile était ma petite amie. J'avais dit que c'était possible. Et puis je m'étais reprise, Odile était juste une copine. Il m'était insupportable de penser que peut-être, une fois encore, je serais la seconde roue d'un monocycle parfaitement fonctionnel.

Paul, un peu plus tard, avait voulu partir. Nous en étions à notre troisième bière, et nous avions entendu la voiture de sa femme entrer doucement dans l'allée derrière les thuyas. Paul avait mis un doigt sur sa bouche ; il avait rougi, il regardait Odile, puis moi, les poils sur son torse étaient perlés de sueur. La nuit était tombée et on ne voyait plus grand-chose, mais ça je le voyais, comme la toile de jean tendue sur ses cuisses épaisses. Ce type marié cherchait les embrouilles, il ne fallait pas être clerc de notaire pour s'en apercevoir ; il n'était pas assez beau ni assez arrogant pour s'imaginer baiser ses deux voisines, mais peut-être une, sur un malentendu, c'aurait déjà été bien (celle qui montrait sa chatte, pourquoi pas ?). Et parce que j'aimais les boucles que faisaient ses cheveux, et que la perspective de savoir quelle mine il faisait entre deux baisers me fascinait, qu'on était dans le Sud en plein mois de juillet et que rien ici, à cet instant, ne pouvait être grave – je me suis dit, et ça m'a excitée, que j'allais faire tourner la chance de ce vacancier.

— Merci pour le verre, avait articulé Paul en se levant, mal assuré.

Je me suis redressée pour lui faire une bise, peut-être que Paul a un peu trébuché alors, ou peut-être étais-je galvanisée par la chatte d'Odile, qui parlait pour nous deux, reste que ma bise a atterri tout près de sa bouche, et que j'ai mis trop de temps à m'en décoller, et nous nous sommes embrassés sans trop comprendre comment. Sa langue avait un goût de bière et Paul m'a prise par le cou pour l'enfoncer plus loin, c'était le baiser d'un homme mort de soif, je le sentais bander contre moi, et outre le chuintement des grillons, j'entendais le silence circonspect d'Odile derrière nous, sur le banc. Il y avait eu le cliquetis du briquet, Odile rallumait sa cigarette, et lorsque Paul et moi nous sommes détachés Odile était juste là, à côté de moi, exhalant par les narines sa dernière taffe.

— À la prochaine, a-t-elle dit en se penchant pour lui faire la bise, Paul a glissé sa langue encore fumante entre les lèvres d'Odile, pendant qu'ils s'embrassaient, j'ai entouré sa bite de mes doigts à travers son jean, Paul a jeté un regard inquiet de l'autre côté de la haie, sur la lumière allumée de son perron. Quand il s'est retourné vers nous, ses mains ont attrapé le menton d'Odile, et le mien, il nous a regardées comme on regarde un banquet qu'on n'aurait jamais pensé faire – et dans ce regard d'homme plus âgé que nous, dont la barbe n'était plus tout à fait brune, et qui portait des chaussures de bateau, j'ai senti poindre l'esclavage de ma vie, les hommes, j'ai compris que je courrais désespérément après ce regard-là, d'envie terrible et de besoin de mordre.

Paul n'a même pas parlé de sa femme, qui se trouvait sans doute à portée d'oreille. Odile et moi nous sommes étendues sur les matelas à côté de la piscine, sa cuisse emmêlée à la mienne, l'odeur montant de nos deux ventres se fondait au poison délicat des lauriers-roses en fleurs. Paul a relevé mes jambes très haut, fait glisser ma culotte. Odile, sur son coude, observait captivée. En temps normal, sa présence à côté de moi aurait monopolisé mon attention, j'aurais dû, comme c'était mon habitude, m'inquiéter de ce que je représentais par rapport à elle, et, piégée en moi-même, décider de faire taire mon besoin de nous mettre en scène, incapable de déterminer si, ce soir-là, je préférais les hommes ou cette femme. Mais Paul flottait au-dessus de moi, dos à la pleine lune, masse sombre qui se découpait sur la chaux blanche de la maison, il a retiré son tee-shirt, ce torse large et ces bras qui nous avaient tant fait rêver avec Odile sont apparus, il avait, cet Irlandais, une allure de Vulcain s'apprêtant à balancer une poignée d'éclairs à Zeus, je me suis dit qu'avec ses hanches entre mes jambes je ne pouvais même pas me refuser et rien que ça j'aurais pu en piaffer d'excitation – et, comme si Odile avait compris où était sa place en cet instant précis, elle avait posé son visage sur ma poitrine, pesé sur ma cuisse d'une main ; je l'avais entendue murmurer « Vas-y », ce que même un Irlandais sans notion de français pouvait comprendre. Paul avait baissé son pantalon, Odile avait souri en me glissant à l'oreille « Je te l'avais dit, je t'avais dit qu'il avait une belle bite », ce qui m'avait secouée jusqu'aux tréfonds, j'avais fermé les yeux comme dans la montée d'un *roller-coaster* pour ne rien voir et tout sentir sans en concevoir la moindre appréhension, Paul qui devait avoir saisi seulement le mot « bite » avait eu une sorte de ruade exaspérée, posé le bout de sa queue juste à l'entrée, il tremblait, il y a eu un chuintement mouillé, Odile contre ma poitrine souriait comme si nos jeux n'avaient jamais été qu'une préparation aux hommes, et je savais bien au fond que ça n'était pas vrai, que ça n'avait jamais rien eu à voir avec eux, mais être tenue comme ça par eux deux me faisait tourner la tête, alors j'ai décidé d'y croire un peu. Lorsque Paul m'a pénétrée, j'ai mordu le cou d'Odile pour ne pas faire un bruit, Paul a grogné quelque chose, et je me suis laissé bercer par la musique que faisaient ma chatte et sa queue, ses hanches qui rebondissaient contre les miennes, un bruit de mécanique bien huilée, et j'ai joui dans ma tête lorsqu'il est ressorti en disant qu'il fallait qu'il s'arrête deux secondes. « Il faut que je te baise aussi », a-t-il dit en anglais à Odile en dégageant d'une main libre la culotte de sa chatte, j'ai caressé la tête d'Odile qui grinçait contre mes seins, ses essoufflements n'avaient rien à voir avec ceux que je provoquais chez elle, et ça m'a rendue heureuse de voir que le plaisir qu'elle ressentait à l'époque, quel qu'il soit, était d'un autre genre – qu'on partageait ce secret. Bien sûr, Odile a tenu à m'embrasser pour faire plaisir à Paul, mais Paul est ressorti d'elle en murmurant « *Holy fuck* », sa bite à la main, il ne voulait pas jouir tout de suite, et le frisson de baiser l'une avec sa queue recouverte des sucs de l'autre devait déjà être une stimulation trop forte, alors il nous a retournées et mises à quatre pattes ; le cou tordu, je regardais nos deux culs blancs se moquer de la pleine lune. Paul a dit, je m'en souviens très bien, qu'il fallait qu'il se retienne, qu'il fallait qu'il trouve son rythme de croisière parce qu'il était inconcevable de décharger comme ça après deux minutes, pas en compagnie de deux filles comme nous, et sa voix et son souffle nous donnaient envie de l'encourager dans sa continence admirable. Brusquement, Paul s'est levé, il s'est dégagé des matelas, s'est tourné vers la piscine, les thuyas, les bras derrière la tête comme si à notre place se trouvait un cadavre dont il ne savait comment se débarrasser, il est resté planté là quelques secondes, Odile et moi avec nos fentes béantes nous regardions, peut-être que nous avions fait quelque chose de mal, peut-être que le mec se sentait coupable ? Et puis, il est revenu vers nous, il a dit « *OK, now I'm good* », il a d'abord pris Odile, qui s'est mise à hululer tellement fort que je l'ai bâillonnée d'une main, et puis moi, et j'ai encore joui en écoutant son ventre taper contre mes fesses à toute vitesse, je me demandais si on nous entendait de l'autre côté de la haie et je n'ai pas pu m'empêcher de prévenir que je jouissais,

« Moi aussi » a répondu Paul en anglais, et Odile, prévenante, a approché sa bouche de mon cul, Paul s'est empressé de retirer la capote et lorsque je me suis retournée, je l'ai vu qui tenait Odile par sa queue-de-cheval, répétant d'une voix étrangement haut perchée « *Oh fuck oh fuck oh fuck.* »

Lorsqu'il était parti, j'avais demandé à Odile :

— Tu as vraiment joui ?

— Je ne sais pas, je ne suis jamais sûre.

— Je ne sais pas non plus.

— Je dirais que non, puisque j'ai encore envie de baiser. Pas forcément de jouir, mais de baiser.

Je voyais s'éloigner à tire-d'aile ma chance de la faire jouer au petit copain et à la petite copine, cela dit je n'en mourais pas d'envie non plus, je comprenais ce qu'Odile voulait dire. Odile voulait qu'on la prenne, qu'on la secoue dans tous les sens, elle voulait se sentir pleine d'une queue dure pour elle et courir après cette idée que peut-être la pénétration finirait par la faire exploser, d'une façon ou d'une autre. J'avais failli proposer de la baiser avec mes doigts. Ou bien avec le demi-kilo de courgettes qu'elle avait acheté le matin même au marché. Pas impossible qu'Odile y ait pensé aussi. Mais nous savions que le frisson serait différent, on pouvait s'entre-baiser, OK, et après ? Il manquerait un torse poilu, des épaules larges où enfoncer nos ongles, car là résidait tout l'attrait de se faire prendre par un homme. Nous n'aurions jamais, à cette époque-là, demandé à un type de s'arrêter pour tripoter ce morceau de nous qui, correctement manié, nous faisait les yeux blancs. Il fallait jouir par la bite, il n'existait pas d'autre issue. Mais ce soir-là, d'un commun accord, Odile et moi avons dormi dans des chambres différentes, et j'ai cru entendre, jusqu'au moment du sommeil, nos soupirs exaspérés de ne pouvoir reproduire exactement le même miracle.

— C'était pas ma robe rose, ce soir-là, dit Odile. Il n'aurait rien fait, cet empoté, si tu ne l'avais pas embrassé.

— Je l'ai embrassé *à cause* de ta robe rose. D'une certaine façon, pour lui faire oublier ta robe rose.

— Tu devrais venir voir les ouvriers avec moi.

— Je suis tentée, Odile.

Odile et moi avons-nous aimé les hommes avec un tel acharnement pour nous convaincre que nous les aimions ? Odile veut-elle aller voir ses ouvriers aux mains calleuses pour être punie d'avoir été longtemps, indépendamment de sa volonté ou non, persuadée qu'elle préférait les femmes ? Odile me retourne la question : pourquoi les hommes, si, comme je le répète, j'ai tellement pu l'aimer elle et ses inventions ? Il faudrait se demander ce qui fait autant bander chez eux. J'entends sa voix et son écho dans les toilettes, ensuite plus rien que le jet frappant l'émail. Je lui réponds suffisamment fort pour qu'elle m'entende :

— Tout. Tout me fait bander chez les hommes, en dépit de ce que je sais d'eux, en dépit de mon incapacité à jouir, j'aime tout chez les hommes.

Je n'ai jamais joui qu'avec des femmes, mais les femmes ne m'émeuvent pas.

— Tu n'as jamais joui avec un homme ? s'étonne Odile.

Sa tête apparaît dans l'encadrure de la porte. Je pourrais mentir, mais à quoi bon ?

— Je dirais que si j'ai pu jouir avec un homme, alors il faudrait inventer un autre mot pour ce qui m'arrivait avec toi. Parfois je me demande si Freud n'avait pas raison, avec ses histoires d'orgasme clitoridien pour les petites filles, et vaginal pour les femmes.

— Je crois que je jouis dans ma tête, avec les hommes. Mais quand ils ont fini j'ai souvent envie de plus. On pourrait me baiser éternellement que j'en aurais encore envie à la fin. Le point final, c'est le clitoris.

— Oui, Odile, exactement, et explique-moi pourquoi ça devrait sonner comme une défaite ? Je te pose la question sérieusement, en toute humilité, et avec une certaine honte de moi, parce que je pense vraiment que ces histoires de vagin et de clitoris, c'est une connerie inventée par un mec qui ne supportait pas l'idée qu'on puisse se passer de sa bite. Et Dieu sait que j'aime me servir de mon clitoris, pourtant, si demain j'avais des pouvoirs magiques, je serais capable de l'échanger contre la capacité de jouir en étant pénétrée, et seulement pénétrée. Pouvoir leur donner exactement ce qu'ils veulent – et pourquoi ? Quand je sais que la raison pour laquelle ils tiennent tant à la pénétration c'est juste parce que ça les fait chier de s'occuper de toi sans rien recevoir en retour, pourquoi aurais-je envie de leur donner ce qu'ils veulent ?

— Oui, pourquoi ?

— Je vais te dire pourquoi, Odile : parce que chaque fois que nous faisions des trucs ensemble, quel que soit le nom qu'on pourrait donner à ça, c'est moi qui m'occupais de toi. Je savais que réciproquer te soûlait, tu ne te cachais pas pour soupirer, ou me demander quand j'aurais fini. Par extension, je me suis mise à penser que si, toi, ma première maîtresse, ça te fatiguait de me faire jouir, ce serait pareil pour les mecs.

— Je n'ai pas le souvenir que ça m'ait ennuyée à ce point. Souvent je jouissais la première, je crois que je ne voyais plus trop l'intérêt. En revanche, ça m'excitait beaucoup lorsque je passais en deuxième, ça m'étonne que tu ne te souviennes pas de ça.

— Je ne m'en souviens pas. Mais c'est intéressant que j'en garde un souvenir de vexation quasi uniforme. Ça doit vouloir dire, quand même, que tu manifestais suffisamment ton ennui ou ton indifférence pour qu'ils me marquent encore aujourd'hui.

— Peut-être aussi que ça t'excitait, tu as déjà pensé à ça ? Peut-être que ça te plaisait d'être cette soubrette à qui on peut tout demander, sauf qu'au lieu d'être tenue par ton salaire, tu l'étais par ton désir de jouir.

— Tu étais ma première confrontation sexuelle, c'est à cette lumière-là que ce qui m'excitait s'est fixé en moi.

— Et comme tu le disais toi-même, c'est comme ça que tu es devenue une baiseuse de compétition. Parce que faire jouir t'excitait.

— C'est vrai, et maintenant que tu le dis, Odile, ça ne sonne pas si pire.

C'est en crachant sa fille au centre aéré qu'Odile croise le chef de chantier de la maison de madame Nouvel. Elle l'a reconnu à sa salopette de travail, et puis à sa voix, quand elle s'est approchée de lui. Il tient une petite fille par la main, lui caresse la tête et la regarde s'éloigner dans la cour. Ça n'est décidément pas son genre de mec, il porte une longue boucle d'oreille au lobe gauche et Odile devine qu'il sent l'after-shave, sans doute pas le plus raffiné du marché. Mais il a l'air gentil, comme ça, à regarder sa gamine rejoindre les autres, on voit dans ses yeux cet attendrissement qu'on a toujours, lorsque nos gosses s'apprêtent à nous lâcher la grappe quelques heures. Ça n'est plus la bête humaine dressée dans une jungle d'échafaudages, dont Odile détournait craintivement les yeux – c'est un parent d'élève, à qui on peut parler de choses banales, comme Odile se surprend à le faire en cet instant :

— Votre fille et la mienne sont dans le même groupe.

— Ah, lâche le père avec un sourire poli.

— Ils ont de bonnes activités cette année, je trouve.

— C'est dommage d'avoir annulé la sortie au lac la semaine dernière, Élise s'en faisait une joie.

— C'est vrai qu'il a plu ce jour-là.

Les aléas du temps, ma bonne dame, Odile se félicite de leur petite conversation banale, jusqu'au moment où l'audace la saisit :

— Vous ne seriez pas en train de bosser dans la maison sur la place du village ?

— La maison de madame Nouvel, oui, c'est moi.

— J'ai toujours connu cette maison, jamais je ne pensais voir un jour tous ces volets ouverts.

— Vous êtes aussi du coin ? Quand la vieille est morte – paix à son âme, ajoute-t-il précipitamment –, et que sa famille a voulu faire rénover la maison, j'ai sauté sur l'occasion. Je n'avais jamais rien vu d'autre que l'entrée, en passant.

— Vous avez grandi ici, alors ?

— En partie.

— C'est drôle, moi aussi. Et de quoi elle a l'air à l'intérieur, cette maison ? Vous qui savez tout maintenant ?

Le gars a un rire franc, qui plaît beaucoup à Odile.

— Sincèrement ? Ça n'est pas la bicoque que j'imaginais. Une fois qu'on a viré tous les bibelots et les papiers peints à fleurs, ce serait même plutôt mignon. Le petit jardin est adorable, vous y êtes déjà entrée ?

— Oh, non. Petite, je faisais en sorte de rester le plus loin possible de cette maison, j'avais bien trop peur de la vieille.

— Vous aussi ? C'est marrant. On habitait la maison derrière la sienne. Une fois, j'ai envoyé mon ballon de foot dans son jardin, je n'ai osé le dire à personne, et je n'ai jamais demandé la permission d'aller le récupérer.

— C'est compréhensible.

Les deux parents marchent l'un à côté de l'autre en direction de la grande place du village, où Odile va prendre son café, et lui son service.

— Vous êtes en quelque sorte un privilégié, par rapport à nous autres plébéiens, qui n'avons jamais vu le jardin que par la porte.

— Je me rends compte de ma chance tous les jours ! rit le gars, et c'est vrai qu'il sent l'after-shave, mais il a de jolies dents aussi. Parfois, j'amène ma gamine jouer au ballon, je prends ma revanche. La vieille doit se retourner dans sa tombe.

— Paix à son âme, ajoute Odile, et leurs regards soudain se croisent, au seuil du café où ils doivent se séparer.

— Exactement, paix à son âme. Il faudra venir faire un tour, puisque vous êtes si curieuse !

— Écoutez, je ne demande pas mieux !

C'est un échange plaisant, sans grivoiserie aucune, qu'Odile piaffe de me raconter. Avant de prendre congé, le type lui tend une main épaisse, pas aussi rêche que dans ses fantasmes (je rappellerai à Odile le bouquin étudié en seconde, *Des souris et des hommes*, le contremaître qu'on soupçonne de garder une main dans un gant rempli de vaseline, pour caresser sa femme) :

— Au fait, je m'appelle Axel.

— Odile, enchantée.

— Si jamais vous passez devant et que vous voyez que je suis là, n'hésitez pas, venez visiter.

— Je ferai en sorte d'envoyer mon ballon près de la fenêtre.

— C'est ça ! Et je vous montrerai le poing.

Lui montrer le poing… ! Dieu sait que ça résonne en Odile, ce genre de menace. Elle attend quand même quelques jours, histoire de n'avoir pas l'air morte de faim. Et puis un matin, elle rencontre Axel à l'endroit habituel, devant la grille du centre.

— Vous allez prendre votre café ? s'enquiert-il poliment, et Odile saute sur l'occasion :

— Je me suis dit que j'irais peut-être voir votre jardin, puisque vous me le proposiez si gentiment.

— Allez ! On y va.

Ça se voit, qu'Axel est surpris. Il ne pensait pas qu'on le prendrait au mot. Mais il fait bonne figure :

— Et vous n'aurez même pas à renoncer au café, j'ai ramené la cafetière de chez moi ! On en avait assez de boire de l'instantané.

— Quel accueil, sourit Odile, un peu songeuse, ce « on » qui pourrait vouloir dire lui seulement ou bien toute son équipe la trouble.

Il y a un rien d'empressement dans sa façon de chercher les clés dans sa poche. Le silence qui s'installe alors est pesant comme s'ils avaient seize ans, qu'ils se glissaient en cachette dans la maison de ses parents – peut-être parce qu'à part ce jardin dont ils partagent le souvenir, et le centre aéré qui accueille leurs deux enfants, Axel et Odile n'ont pas grand-chose à se dire.

La porte s'ouvre sur le vestibule sombre, dont le papier peint et les plinthes ont été arrachés. Là où était suspendu un bouquet de lavande séchée, il y a un fil électrique, au bout duquel pend une ampoule nue. Ça sent le plâtre mouillé, d'ailleurs Axel recommande à Odile de ne pas toucher les murs, ce serait dommage pour ses vêtements – et par terre, qu'elle ne se prenne pas les pieds dans les bobines de câbles, il faut encore installer des prises dans le salon, rien n'était aux normes, c'est un vrai bordel. Un miracle que la vieille n'ait pas pris feu en branchant sa bouilloire – de quoi est-elle morte, au fait ? demande Odile. Axel répond qu'elle avait plus de cent ans, elle s'est endormie et ne s'est pas réveillée, la meilleure sortie de scène qu'on puisse imaginer. Peut-être par respect pour l'évocation de cette dame qu'ils ont tous les deux connue, et qui ne les aurait jamais laissés entrer chez elle, Axel et Odile se taisent quelques minutes, elle parcourt le salon des yeux, c'est effectivement une pièce avec de beaux volumes, il y a des poutres au plafond et s'il fait déjà trente degrés dehors, ici il fait bien frais. Elle pense que la vieille, depuis cette fenêtre qu'on a laissée entrouverte, a regardé notre jeunesse et celle de cet Axel ; elle méprisait les enfants, mais elle devait se rendre compte chaque été, lorsque nous revenions, qu'Odile et moi avions grandi, peut-être avait-elle, dans son dégoût uniforme des petits et de leurs jeux bruyants, des préférences pour les uns ou les autres. Et avant d'être cette vieille toujours en blouse à fleurs, elle avait eu vingt, trente, quarante ans. Elle avait vécu, dans cette maison où Odile se balade lentement, une vie de femme seule, à la tête d'une boutique prospère, il avait dû se passer dans ces pièces tout un tas d'intrigues, de matins radieux et de soirées à attendre des mecs, de nuits au jardin à siroter des dés à coudre de farigoule avant d'aller se coucher là-haut – est-ce qu'Odile veut aller voir à quoi ça ressemble aux étages ?

— Oh, je ne veux pas vous embêter…

— Vous ne m'embêtez pas, la machine à café est en train de chauffer. C'est pas tous les jours qu'on peut entrer chez madame Nouvel ! dit Axel en lui ouvrant la porte sur un grand escalier en bois.

— C'est très vrai.

En grimpant les marches, suivie d'Axel dont elle soupçonne le regard sur ses fesses, Odile croise le type au briquet.

— Je ne dirai rien à ta femme ! plaisante ce dernier en avisant Axel, et Axel a de nouveau ce rire franc qui découvre ses dents :

— Couillon, va.

— Je fais juste un petit tour, se sent obligée de préciser Odile.

Ils arrivent au premier, où un immense couloir relie quatre grandes pièces très claires.

— Là, vous voyez…

— On pourrait peut-être se tutoyer, non ? risque Odile. On doit avoir le même âge.

— C'est vrai, admet Axel, et il la regarde, songe Odile, un peu plus intensément qu'avant, pour prendre son élan. Là, tu vois…

Ils gloussent tous les deux, un peu gauchement, du son que fait ce tu entre eux.

— C'est là qu'elle dormait, et on va casser le mur qui sépare la salle de bains des toilettes pour faire une suite parentale avec baignoire, bidet, tout ce qu'il faut.

— C'est très joli, c'est vrai. Et ça donne sur le jardin !

Odile se faufile dans une chambre aux fenêtres ouvertes, elle se penche, pour voir pour la première fois le jardin interdit, le cimetière des ballons de tant de gamins de son âge. Elle sent Axel qui se tient derrière elle, il y aurait de la place pour deux à la fenêtre, mais il n'ose pas se rapprocher :

— Ça a de la gueule, non ?

— J'ai presque l'impression d'être à l'Élysée, c'est dire à quel point la vieille me terrifiait, répond Odile.

Le jardin est de bonne taille, il y a un énorme oranger planté en plein milieu, des bougainvillées qui mangent les murs tout au fond, et un fouillis d'outils, une pelleteuse au repos, des seaux de plâtre, des monceaux de débris. Odile se souvient qu'elle s'est imaginée là, au milieu d'eux, nue ou presque, avec sa petite robe rose qui remonte sur ses bonnes grosses fesses.

— Oh ! Patron ! hèle un ouvrier depuis la terrasse. On est au repos aujourd'hui ?

— Jamais ! répond Axel en riant. Je fais visiter à Odile, elle connaît la maison depuis longtemps.

— On recrute, maintenant ?

— Je peux faire les cafés, répond Odile souriante.

— Dis pas ça trop fort, lui dit Axel, on pourrait très bien t'engager.

C'est peu dire qu'Odile, en rentrant chez elle, s'étend sur son lit, dans sa chambre aux volets clos, bras et jambes écartés. Quatorze heures, l'heure blanche – non, c'est trop tôt, Axel est trop sérieux pour ça, et puis il a une femme, et une petite fille, on est loin du film porno où des ouvriers nus sous leur salopette sortent nonchalamment leur chibre sur un simple regard de la petite dame en minirobe. Et puis, ils l'appellent patron… Est-ce qu'on baise une nana sous les yeux de son patron ? Est-ce qu'on met sa bite là d'où le patron ressort à peine ?

— C'est ton rêve à toi, Odile, lui dis-je en allant me coucher. Ils mettent leur bite exactement là où tu leur dis de la mettre.

Et je crois sentir, en refermant sa porte, une hésitation crépiter entre nous, la main d'Odile court sur le bord du drap qui la recouvre, comme pour m'ouvrir son lit, l'espace d'un instant je la sens prête à me dire « Viens », et je me sens prête à venir, sans même un prétexte derrière lequel m'abriter. Et puis les doigts d'Odile sagement dégagent les mèches qui lui barrent le visage :

— Bonne nuit, copine.

— Je suis séparé depuis trois ans, mais on se refile la petite une semaine sur deux. J'ai une copine, depuis six mois. Je ne l'ai pas encore présentée à ma fille, on prend notre temps, je n'ai vraiment pas envie d'embrouilles.

Axel finit son verre de rosé d'une seule gorgée, il n'est pas pressé pourtant, il a fini sa journée, mais Odile lui met, avec ses questions et ses regards, une pression silencieuse. Hélant la serveuse, il commande la même chose ; Odile, qui fume lentement une cigarette, est bien consciente d'avoir l'ascendant sur lui, maintenant qu'ils ne sont plus sur son chantier, et elle soutient son regard avec une constance qui lui fait souvent baisser les yeux, comme un petit garçon.

— Mais assez parlé de moi, dit-il en s'essuyant les lèvres du dos de la main. Et toi, Odile ? Il est où, le père de la petite ?

— Il est là. Enfin non, il n'est pas là en ce moment, il voyage. Il aide à monter une nouvelle succursale de sa boîte au Portugal. Mais nous sommes toujours ensemble.

— Il revient quand ?

— Oh, pas avant un mois.

— Ça doit être long, seule avec un enfant.

— La journée le temps passe vite, je suis toujours occupée. Mais le soir, sur les coups de huit heures, effectivement, il m'arrive de trouver le temps long. Enfin, tu sais ce que c'est, tu as une petite fille une semaine sur deux.

— Tu ne peux pas sortir, du coup, c'est vrai.

— Oh, je me passe bien de sortir, mais c'est que je me mets à penser à des trucs, il me vient des idées loufoques.

— Quel genre ?

Axel a l'air très intéressé, soudain. Odile voit bien qu'il se retient de finir d'un coup le verre qu'on vient de poser devant lui. Elle lève les yeux au ciel, feint d'hésiter à parler de ces lubies qui la traversent, de vrais enfantillages, tant et si bien qu'Axel l'encourage, allez, Odile en a trop dit ou pas assez. Tandis qu'elle secoue la tête en riant, il se penche vers elle pour chuchoter :

— Tu veux dire que tu penses à tromper ton mec ?

— Si ça n'était que ça, je n'y penserais pas, je l'aurais déjà fait.

— Ah, tu es comme ça, Odile ?

Axel sourit, il ne se doutait pas qu'Odile soit ce genre de femme, forcément, à la lumière de cette déclaration, tout prend une autre couleur, la visite du jardin, les signes de la main échangés en se croisant, ce verre qu'ils prennent ensemble.

— Mon mari sait parfaitement qui je suis, reprend-elle en écrasant sa cigarette, les yeux plongés dans ceux d'Axel.

— De quelles idées loufoques tu parles ? Tu veux t'engager dans la Marine ?

En voilà, une bonne idée, pense-t-elle. Puisqu'il a l'air ouvert d'esprit et qu'il évoque Odile seule au milieu d'une centaine de marins qui n'ont pas vu de femme depuis des lustres, elle s'accoude, le menton dans les mains :

— Je ne sais pas, me faire baiser par plusieurs mecs à la fois.

Axel ouvre des yeux immenses, regarde à droite et à gauche. Durant ces quelques secondes Odile manque de regretter son audace, mais elle le laisse rattraper son regard :

— Je ne trouve pas ça loufoque, finit-il par répondre.

— Non ?

— Non, pas loufoque. Culotté, oui, mais pas loufoque. Tu ne l'as jamais fait ?

— J'ai déjà eu deux mecs en même temps, mais ça n'est pas la même chose.

— Ah non ?

— Non, à trois, ça reste très cordial, y a pas grand-chose qui déborde.

— Et il faudrait que ça déborde ?

— Que ça *menace* de déborder, en tout cas.

Axel la fixe avec une telle gravité qu'Odile baisse les yeux, prend une gorgée de rosé :

— Tu as déjà fait quelque chose comme ça ?

— À plusieurs ? J'ai déjà eu deux filles en même temps, mais on se sent un peu inutile, pour peu qu'elles s'entendent bien.

— Et une seule fille, avec des potes à toi ?

— Jamais. Je ne sais pas si je pourrais y arriver.

— Tu veux dire réussir à bander ?

— Non, je pense que je pourrais tout à fait bander, je... bon sang Odile, comment est-ce qu'on se retrouve à parler de choses pareilles ?

Mais il rit, on le sent à deux doigts de se taper sur les cuisses, il faut dire qu'il a pas mal bu, et que les lampions multicolores brillent dans les yeux d'Odile – il n'y a vraiment pas de quoi se fâcher, on est entre amis, il fait bon, rien ne les attend à la maison. Après un temps, Axel se reprend, il regarde Odile très sérieusement et continue à mi-voix :

— Non, je n'aurais pas de problème pour bander, Odile.

— Très bien.

— On parle de combien de mecs ?

Odile lève les yeux au ciel pour énumérer, rapidement, les têtes que compte son cheptel :

— Sept. Huit.

— Ah oui ! Pas le petit comité, quoi.

— Non. Un vrai régiment.

— Et tu espères recruter comment, y a un panneau près de la mairie où déposer ton annonce ?

— Je n'en suis pas encore au stade des entretiens, je réfléchis, pour l'instant.

— Mais est-ce que ça n'est pas énorme, sept ou huit participants ? Excuse-moi si ma question est trop personnelle, mais comment ça s'envisage, un plan avec autant de mecs ? Physiquement parlant. Deux ou trois, j'arrive à imaginer, mais huit ?

— C'est là tout le sel de la chose : à deux ou trois, on passe tous en même temps, il y a la place. Dans ce cas précis, je crois qu'il faudrait une sorte de queue-leu-leu.

— Vraiment.

— Ce qui est parfait, entre nous, parce que personne n'a la moindre pression. Si l'un jouit trop vite, il y en a six ou sept derrière pour enchaîner.

Odile soudain se sent pousser des ailes, elle rejette la tête en arrière, terrifiée et ravie de ce qu'elle s'apprête à dire :

— Évidemment que j'ai pensé à en prendre un devant et un derrière. N'importe qui y penserait. Mais je crois que c'est trop idéalisé, c'est le genre de choses sur lesquelles on se caresse, mais on ne va jamais jusqu'au bout, c'est trop dur à mettre en place.

— Ça ne doit pas être évident, non, renchérit Axel qui semble entravé, se tortille un peu sur sa chaise.

— Tandis qu'une bonne vieille queue-leu-leu…

Odile cherche et trouve les yeux d'Axel, elle le force à remonter jusqu'à son visage :

— J'imagine qu'au bout d'un moment tout doit glisser là-dedans presque trop facilement.

Axel a un début de sourire, juste une commissure qui se relève. On le croirait décontenancé, mais il rebondit après quelques secondes, terrible :

— Mais dis-moi, Odile, c'est pour ça que tu traînes tes bottes du côté de mon chantier ?

Odile immédiatement se récrie (c'est là son erreur, si elle comptait être crédible) :

— Je ne me permettrais pas de m'en prendre à un père de famille qui gagne sa vie.

— Non, bien sûr. Je plaisantais.

— En plus, on se connaît à peine.

— Ça me soulage d'entendre ça. Ça m'aurait rendu le travail compliqué, si je savais que tu venais avec une idée pareille.

Odile a presque oublié la boucle d'oreille à son lobe gauche, ce qu'elle voit brusquement, c'est un gars plutôt séduisant, assis en face d'elle, et qui la regarde comme quelque chose d'appétissant, pas forcément destiné à sa table, mais ça n'interdit pas de rêver un peu.

— Tu ferais ça chez toi ?

— Non, ce serait trop réel. Je voudrais que ça soit comme un rêve. Lorsque je serais repartie, personne ne saurait vraiment si ça s'est passé ou si on se l'est imaginé.

— Où ça, alors ?

— C'est drôle que tu aies pensé à ton chantier. Ce serait un endroit idéal. Tous les souvenirs s'en iraient avec les tas de débris. Il n'y aurait que les mecs et moi pour me rappeler la scène. Tu sais que j'y ai réfléchi avec une copine, il n'y a pas si longtemps. On se demandait comment ça pourrait commencer. Elle pense que je devrais mettre ma robe rose, celle qui est très courte et qui remonte un peu. Tu crois que ça suffirait ?

— Je crois que ta présence seule suffit. Une jeune femme comme toi, il n'y aurait pas à réfléchir longtemps.

C'est peu dire qu'elle trouve soudain Axel très beau, très à son goût.

— Tu sais que je bande, Odile ? dit-il après avoir longuement inspecté les tables environnantes.

Odile se force à ignorer la cavalcade soudaine de son cœur dans sa poitrine ; elle hausse un sourcil, sourit. Il se penche vers elle et reprend :

— Je te dis ça en toute amitié mais ça me fait quelque chose, de t'imaginer avec tous ces mecs sur toi. D'autant plus que je ne te connais pas, je ne sais pas comment tu es faite, même si j'avoue que j'ai quelques idées sur le sujet. Je me prends à penser que ça pourrait se passer sur mon chantier, j'essaie de ne pas y penser trop fort, mais ça me fait quelque chose.

— Tu vois que c'est une idée attachante.

Axel soudain a l'air rêveur :

— Mais tu y penses souvent, je veux dire, est-ce que c'est vraiment quelque chose que tu voudrais mettre à exécution, ou bien est-ce que ça te suffit d'inventer des histoires obscènes pour faire bander de jeunes pères divorcés ?

— Non, non, j'y pense d'autant plus que c'est mon anniversaire dans une semaine. Cette année, j'en ai marre, qu'on m'offre des fringues.

Lorsque Axel, plus tard, la raccompagne devant chez elle, Odile sent bien qu'il la suit d'un peu plus près, il y a même un moment où, trébuchant sur un pavé, Axel colle ses hanches contre celles d'Odile, et ce contact un peu forcé les laisse glous-sants, démunis quelques secondes. Odile le regarde, elle n'est plus gênée par la boucle d'oreille, dans la pénombre, ce type pourrait être finalement son genre, et elle est à deux doigts de lui proposer un dernier verre chez elle (à voir son érection dans son jean Odile pense que le dernier verre passerait rapidement à la trappe). Mais elle pense alors à notre conversation ; elle n'a jamais été aussi près de se faire baiser par une équipe d'ouvriers, si elle cède maintenant au chef de la troupe, il risque de perdre sa motivation première, alors qu'elle le sent sur le point d'appeler ses collègues.

— Vingt-deux juillet, répète-t-elle avec un signe de la main pour le congédier, Axel siffle entre ses dents, il la regarde exaspéré de désir, s'attarde un peu sur le seuil de la porte, l'air d'un type que pas grand-chose n'éloigne de l'effraction. Soudain il a un sourire, un rictus plutôt, qu'Odile trouve sacrément sexy :

— Tu veux que je t'organise ça, Odile ? C'est ça que tu es en train de me dire ?

Odile hoche la tête, elle referme doucement sa porte et derrière se laisse glisser au sol, les cuisses entrouvertes, pensant aux images qui le tirailleront la soirée entière, aux messages qu'il voudra envoyer, même si en fin de compte il ne les enverra pas, reste qu'il y songera, en écrira dans sa tête, comment vendre ça aux autres, il y a cette nana que j'ai ramenée l'autre jour et qui a envie de se faire démonter par plein de mecs, et peut-être qu'avant de dormir il s'entreprendra en pensant à ça, au corps blanc d'Odile, presque luminescent, apparaissant sous les membres bruns de ses ouvriers, Odile qui rougit et pousse des cris, il essaiera d'imaginer ses cris à elle, et Odile passe une main crispée entre ses cuisses, une main qui ne sait pas quoi faire et reste là tétanisée, effrayée par l'ampleur de la tâche, comment se branle-t-on sur une scène pareille, comment s'abandonner vraiment à la pensée de quelque chose qui demande tellement *d'être là* ?

Odile me demande ce que j'imagine ; il paraît que je suis forte pour inventer des histoires, me dit-elle comme une sorte de reproche, alors qu'est-ce que j'imagine, moi ? Ce que j'imagine pour elle, il est entendu que je l'imagine aussi pour moi, et que ce soir, lorsque Odile rejoindra Axel où il lui a demandé (*ordonné*, corrige Odile), je l'attendrai à la maison pour comparer, à son retour, le rêve et la réalité.

Je lui raconte comment elle enfilera sa petite robe rose, détail auquel je tiens, au fond, plus que n'importe qui. Elle mettra une culotte en dessous, parce que j'ai envie qu'Odile se la fasse retirer, ou arracher, j'ai envie d'un obstacle à ces grosses mains calleuses, un petit bout de tissu qu'on neutraliserait d'un coup, comme une toile d'araignée. Odile marchera dans les ruelles vides, jusqu'à la maison de madame Nouvel. Si elle veut, je l'accompagnerai jusqu'au coin, comme un chaperon, j'attendrai pour rebrousser chemin qu'elle soit prise en charge par quelque forçat sorti de l'ombre. La maison aura l'air déserte, mais la porte d'entrée sera restée ouverte – et peut-être Odile verra-t-elle au fond du salon vaciller la flamme d'une bougie.

Non, pas de noir complet. Quel serait l'intérêt de ne rien voir de ce qu'il se passe ? Odile peut fermer les yeux avec les hommes, elle ne les fermera pas avec moi. Depuis le temps que nous nous connaissons, Odile a toujours joué l'homme, elle n'a jamais cherché à partager le point de vue adverse, il serait peut-être temps qu'elle comprenne ce que ça fait d'attendre d'être consommée, comme j'ai pu l'être par elle, et par eux, si souvent.

Axel aura eu la gentillesse de gonfler quelques ballons, c'est sa fête, après tout. Au mur une banderole comme celle des anniversaires d'enfants dira : « Bon anniversaire, Odile ! » Elle se retrouvera là au milieu des hommes, qui reprendront en chœur le message de la banderole, et Odile, un peu rouge, dira « Merci, merci, il ne fallait pas ». Et puis comme il n'y aura rien d'autre à dire, Odile baissera les yeux, je la connais. Qu'elle les relève immédiatement. Qu'elle les regarde tous. OK, dans le lot il y en a peut-être qui ne lui plaisent pas, avec qui elle n'aurait jamais l'idée de baiser, en temps normal. Mais on s'est mises d'accord, ça n'est pas ça qui compte, ça n'est pas eux individuellement, c'est ce qu'ils représentent. Et puis dans le lot, il y a Axel, et celui qui lui a demandé son briquet, et voir qu'ils sont là lui suffira, au moins, pendant que des candidats moins favorisés passeront sur elle, Odile pourra se mettre dans la tête de ces deux-là, sentir qu'ils la regardent se faire remplir, et dans une quasi-obscurité comme celle-ci, tous les chats sont gris, toutes les bites seront bonnes à prendre. Donc, qu'Odile ouvre grand les yeux. Si quelqu'un ici doit baisser le museau, ça n'est certainement pas elle. Odile doit être fière. Au moins au début. Elle aura le temps de s'évader ensuite.

Une fois qu'elle les aura tous bien identifiés, qu'elle aura signifié son consentement d'un coup d'œil, alors Odile fera glisser sa robe rose par-dessus sa tête. Durant cette manœuvre, qu'elle fera durer, Odile sentira son ventre blanc, ses hanches moelleuses, agrippés par le regard de ces sept ou huit ouvriers (on ne leur demande pas d'avoir un nom, rien qu'un métier, et le poids du fantasme qu'elle s'en est fait). Odile sera posée là, en culotte, les bras ballants. Elle verra la peau sur ses côtes palpiter au rythme dément de son cœur, et là, oui, là, Odile pourra fermer les yeux, parce que c'est comme ça qu'on dit oui, qu'on donne sa permission, elle soupirera et je voudrais bien dire qu'elle sentira la meute se refermer autour d'elle, mais on sait que dans la vie, ça ne se passe pas comme ça, en fait elle restera immobile, dans l'attente, plusieurs minutes, avant qu'un téméraire se détache du groupe pour lui attraper doucement un sein.

Ah, oui, Odile aimerait qu'on la vandalise, mais ça non plus, dans la vraie vie, ça n'arrive pas. Axel aura parlé à ses collègues, Odile n'est pas une traînée, enfin pas ce genre, Odile a sa fille dans le même groupe que sa fille à lui, il faut qu'il puisse la regarder encore dans les yeux à la sortie du centre aéré, il faut qu'on s'occupe bien d'elle. Il faut que ça monte en puissance, l'assouplir d'abord, la surprendre avec des caresses qu'elle n'attendait pas, qui la décontenancent. Qu'elle soit palpée, d'abord, comme la chair glacée d'une statue, avec la même vénération. On a mis des matelas poussiéreux au sol (c'est une des réclamations d'Odile, les matelas qu'elle a vus traîner dans une chambre à l'étage) mais avant de l'y clouer il faut lui en donner le goût, que ce soit elle qui flanche, pendant qu'ils restent tous debout. Elle sentira d'abord sur elle des mains précautionneuses, intriguées, qui la presseront comme pour en extirper la révérence que son corps inspire. D'abord Odile n'osera rien dire, elle ne produira même pas le plus petit son d'abandon. Et puis cette douceur l'agacera, elle s'inclinera vers une main qui lui caresse un sein, puis dans l'autre direction, vers une autre main accrochée à une fesse, brinquebalée. Ouvrant les yeux pour échapper aux ténèbres palpitantes derrière ses paupières, Odile verra Axel qui la regarde, de loin. Elle fera un petit signe du menton pour lui suggérer de venir, de poser une main sur elle – quelque chose dans la présence d'Axel la rassurera. Mais Axel secouera lentement la tête en signe de dénégation, il s'approchera d'elle, il soufflera, à son oreille « Non, moi je te veux lorsque tout glissera là-dedans presque trop facilement ».

— Arrête, lâche Odile en se recroquevillant sur sa chaise, ce qui est, je le sais maintenant, exactement la posture qu'elle prend lorsqu'elle bande.

— Quoi, tu ne trouves pas ça vraisemblable ?
— Non, c'est pas ça, c'est juste…
— C'est juste que ça t'excite, je le vois à ta tête. Tu préfèrerais peut-être que ce soit lui qui commence ?

Odile mordille les bords de son index, perdue dans une intense réflexion :

— Non, je crois que je préfère que ce soit lui qui me finisse.

C'est bien ce que je pensais. C'est moi qui devrais baiser Odile, au fond. La metteuse en scène scrupuleuse que je suis, soucieuse du bien-être de son actrice, pourrait distribuer les indications à tous ces mecs. Qu'Axel soit celui qui la tienne. Il faut qu'on tienne Odile – je sais qu'elle se laisserait faire, mais sait-on jamais, qu'un caprice la traverse, qu'elle envoie une ruade pour en expédier un – Odile qui fuit les yeux des hommes par la pénétration. Axel aura le torse d'Odile en travers de ses genoux pendant qu'un autre la prend, sa joue sera posée contre sa cuisse, à quelques centimètres de sa queue dure sous le jean. Le bras d'Axel sous son bras, Odile se frottera la truffe contre son érection jusqu'à ce que l'idée le prenne de sortir sa bite.

Elle avait parlé d'une queue-leu-leu, et moi je veux bien, mais je trouve qu'Odile réfléchirait mieux la bouche pleine, pour garder un compte plus net des participants qui défilent, pour qu'elle fasse bien la différence entre sept et huit. Et puis lorsqu'on a été vue le visage ainsi déformé – je veux qu'Axel dégage bien les cheveux autour de son visage, qu'elle soit visible par tous – on n'a plus peur de grand-chose. Enfin, soyons honnêtes, il faut bien détendre l'atmosphère. Elle est marrante, Odile, mais c'est qu'elle ferait presque peur, comme ça, petite et pâle et nue dans cette maison vide, en pleine nuit, au milieu des hommes. On aurait autant peur qu'envie de la casser. Il faut qu'elle leur montre qu'elle n'est pas si fragile, qu'on peut la plier dans tous les sens, et que si elle comprend tant d'ouvertures c'est bien pour qu'on s'en serve. C'est à Odile maintenant de mettre tout le monde à l'aise. Qu'elle se mette à leur place, ça ne doit pas être évident, de baiser à côté de mecs avec qui tu bosses tous les jours. En plus de l'inquiétude que suscite cette entreprise, baiser une nana qu'ils ne connaissent pas, il faut rajouter ça, le regard des autres, leur façon de baiser, qui tiendra le plus longtemps, comment garder son érection ? Il faut quand même qu'Odile fasse un petit effort.

— Est-ce que ça n'est pas suffisant d'être là, nue devant eux ? se demande Odile.

— On n'a plus seize ans, on n'est plus avec Arnaud. La passivité, c'est bon pour les jeunes filles qu'on saute n'importe comment, en s'excitant sur la texture d'une cuisse. Ne te coince pas dans un fantasme irréalisable.

Le portable d'Odile vibre, un instant elle s'absorbe dans la lecture d'un texto et je me sens disparaître de son champ de vision. C'est Axel qui dit « Je me suis branlé pour toi avant d'aller bosser ». Le genre de message qui fait rayonner Odile, le portable serré dans ses deux mains en conque.

— « Branlé pour toi, branlé pour toi » ... faut le dire vite, je réplique tout de suite.

— Comment ça ?

— C'est pas vraiment un service à te rendre. Toutes les fois où on m'a écrit ce genre de choses, j'ai fini la nuit seule. Tu peux être sûre qu'il a dessoûlé.

— Moi ça ne me fait pas dessoûler, de me branler.

— Non, je sais bien. On ne tape pas dans la même réserve. Il y a l'orgasme que tu as toute seule, et l'espoir vain de la pénétration qui fait jouir.

— T'aurais dû devenir sexologue, grince Odile.

— Ou voyante.

— J'imagine que tu as donc la solution à tous mes problèmes, grande prêtresse, comment faut-il que je m'y prenne pour me faire baiser par ce type et ses âmes damnées ?

— Je suis désolée de te dire que c'est trop tard. Tout ce qu'il te reste, c'est la perspective de te faire inviter au restaurant demain, par moi.

Je vois à ses narines qui frémissent qu'Odile me giflerait, si nous avions encore douze ans.

— Je me permets de te dire ça parce qu'il y a quelques années, presque dix, en fait, j'ai vécu peu ou prou la même chose sur la plage du Gros Pin, tu sais, la petite plage nudiste à Grimaud.

— Tais-toi, tu vas me porter la poisse.

— Écoute bien ma parabole, elle est riche en enseignements. J'ai vingt-deux ans, je suis la plus belle créature que cette plage nudiste ait jamais vue. Je prends tous les jours mon scooter pour aller bronzer seule de midi à dix-huit heures, et tu penses bien que le groupe de vieux qui revient tous les ans m'a repérée. Parmi eux, il y a un mec absolument sublime, un Hollandais, qui me regarde et que j'observe aussi sous mes lunettes noires. Il ne sait pas que je baragouine un peu de néerlandais, et à un moment, alors que je m'amuse à tripoter négligemment mes poils de chatte en bronzant, je l'entends qui dit à ses potes : « Elle me rend fou. » S'ensuit alors une poignée de jours d'une intensité à rendre dingue, on se cherche des yeux en permanence, lorsque le mec va se baigner, je finis par lui laisser un mot sur sa serviette avec mon numéro de téléphone, et la suggestion de me montrer sa bite de plus près, un soir, quand il veut. Je ne pensais plus à rien d'autre, il n'y avait que ce Hollandais, lorsqu'il ne venait pas à la plage je me sentais toute vide, lorsqu'il se pointait je revenais au monde. Un soir, le mec m'écrit un SMS en anglais ; on a passé trois heures coupés du monde, à s'entreprendre sur ce qu'on avait envie de se faire l'un l'autre. Pourquoi je ne suis pas venue le rejoindre dans l'eau, alors qu'il m'avait fait un signe de la tête ? Il aurait tellement voulu me glisser des doigts contre un rocher, sur le banc de sable loin du rivage. Le fait est que j'aurais dû saisir ma chance lorsqu'elle se présentait. Je demande alors au type si on peut se rejoindre quelque part en soirée, je suis prête à monter sur mon scooter pour aller le retrouver au bout du monde, s'il le faut. Mais le mec est au camping. Il dort dans une tente, au milieu d'autres tentes. Ça me déchauffe un peu et puis je me dis « À Rome faisons comme les Romains », mais il a peur de se faire choper, peur que les voisins nous entendent, alors je lui suggère de se retrouver sur la plage. Soudain il devient moins réactif, c'est-à-dire qu'au lieu d'organiser notre soirée, il divague sur ce qu'il m'aurait fait dans l'eau, sur ce qu'il rêvait de me faire sous les yeux des gens, et j'essaie de redresser la barre, je lui dis que je peux le rejoindre à vingt-deux heures, après le dîner, bon Dieu, j'aurais annulé toutes mes obligations pour aller me faire tamponner sous sa tente Quechua. Et là, après tout un début de soirée à se travailler mutuellement par textos, il me sort « Je vais aller me branler sous la douche en pensant à toi ». Et tu vois, je n'avais que vingt-deux ans, mais peut-être que je suis passée à côté d'une carrière de devin, parce que j'ai su immédiatement que derrière cette éjaculation il n'y aurait plus rien. J'ai même essayé de le dissuader, je lui ai dit : « Non, non, ne te branle pas, attends-moi. » De fait, le mec ne m'a jamais réécrit, j'étais dévastée. J'essaie juste de t'éviter la même déception.

— Axel n'est pas comme ça, lâche Odile.

Mais évidemment qu'Axel est comme ça, puisque les heures défilent sans plus de nouvelles, Odile et moi fumons à nous en rendre malades, je roule des joints aussitôt que je vois ses yeux se défaire des miens, filer vers le ruban sombre de la mer, derrière les pins parasols.

Et puis minuit arrive :

— Bon anniversaire, Odile.

Elle tourne la tête vers moi :

— J'espère que t'as un cadeau pour chaque anniversaire que t'as raté.

Je déplie sous ses yeux chaque doigt de mes mains :

— J'en ai dix, je crois que le compte y est.

— Je ne peux pas croire qu'il m'ait fait ce coup-là.

Je regarde Odile qui s'apprête pour sortir dîner, assise devant sa psyché, en chemise, son gros cul blanc sur le velours bleu de la chaise – je ne voudrais être nulle part ailleurs.

— Il fallait s'y attendre. C'est toujours ce qu'on récolte quand on fantasme et qu'on se monte le bourrichon à deux pendant des jours.

— Qu'est-ce qu'il aurait fallu que je fasse ?

— Rien. Tu as fait exactement ce qu'il était normal de faire, tu as joué le jeu, vous vous êtes entrepris jusqu'à la nausée sur votre prochain rendez-vous, et une fois le grand jour venu, le type se déballonne – rien là-dedans ne m'étonne vraiment.

— Il aurait pu venir tout seul, au point où j'en étais, je l'aurais baisé sans ses collègues.

— Tu veux que je te dise ? Le mec n'en a même pas parlé à ses collègues. Et s'il était venu seul, il aurait été incapable de bander.

Odile enfile sa culotte en soie, celle dans laquelle on peut passer facilement une main.

— C'est si dur que ça, de la lever ? se demande Odile une clope au bec.

Je ne dis rien, là tout de suite, devant elle, ça me paraît au contraire facile, naturel, obligatoire.

— Tu rêvais d'une équipe de foot. On est au-delà du fait de bander. C'est pas une trique qu'il te fallait, Odile, c'est une machine montée sur ressorts hydrauliques, un truc infaillible – pas l'érection paniquée d'un chef de chantier qui a des messages à te faire passer de ses sept ou huit collègues.

— Finalement, il ne faudrait pas fantasmer. C'est toi qui me contamines.

— Il faut fantasmer, mais aussi que l'objet du fantasme soit toujours là, à portée de main, derrière la cloison. Parce que chaque matin qui arrive et te rapproche du jour J te nettoie de ton obsession, et il faut se remettre à l'établi, se replonger dans cet état de nerfs qui coupe toute envie de manger ou de dormir, recommencer à détruire tout ce qui ne te parle pas de cet homme. C'est un boulot titanesque. Ce mec, tu aurais dû le baiser le soir où il t'a raccompagnée chez toi et où tu le sentais bander.

— J'y ai pensé, je me suis dit que ce serait toujours ça de pris. Mais tu étais là, je ne me voyais pas faire ça avec toi dans l'autre pièce.

— Et pourtant, tu me connais, je serais venue te caresser les cheveux. J'aurais été me tremper les mains dans le plâtre pour plus de réalisme.

Odile, qui maquille ses yeux à petits coups de crayon prune, sourit :

— De quoi je vais avoir l'air, en le croisant devant le centre aéré ? Sept ou huit ouvriers, qu'est-ce qui m'est passé par la tête ? Une idée proprement grotesque. On se croirait dans un vieux numéro d'*Union*. Tout ça c'est ta faute.

— Je me doutais bien que ça finirait par être ma faute.

— Toi et tes histoires abracadabrantes ! C'est le genre de fantasme sur lequel on se paluche en se rentrant des trucs dans tous les orifices en même temps, et basta.

— C'est d'ailleurs ce qu'on a fait hier, Odile, je te trouve injuste. Dans un sens, tu as eu tout à fait ce que tu voulais, ça t'a duré le temps d'un orgasme…

— Deux orgasmes.

— … et maintenant te voilà débarrassée de toute la partie logistique compliquée, pas gratifiante, le service après-vente auprès de ce mec, qui a dû lui aussi se faire jouir debout dans son lavabo – au fond, tout va pour le mieux dans le meilleur des mondes.

— Sauf que…

— Sauf que bien sûr, tu aurais voulu te sentir habitée par lui, hantée par le souvenir de l'orgie dans la maison de la vieille, tu aurais voulu faire durer le truc sur des semaines, et pour quoi ? Il est à peu près certain que tu n'aurais pas pu jouir, il n'aurait pas pu bander, vous auriez eu l'air de deux connards.

Odile a un reniflement de dédain. Moi je la regarde en fumant comme on regarde un repas se préparer, une toile se peindre, et je suis d'humeur charmante :

— Je te la rejoue quand tu veux, cette scène. Je te plaque contre un mur, dans tes beaux dessous, je dérange ta coiffure et ton maquillage pour m'introduire en toi, et puis je décharge après trois allers-retours en grommelant dans ton cou « Excuse-moi j'ai pas pu me retenir, tu m'en veux pas ? ».

Odile agite furieusement son pinceau à poudre, réprobatrice :

— Tout ça c'était de la manipulation pour arriver à tes fins. M'allumer avec ces idées d'ouvriers turgescents en sachant que ça n'arriverait jamais, d'ailleurs qu'est-ce que tu en sais ? Peut-être que j'aurais été très bien baisée.

— Tu crois que j'ai besoin d'affabuler ? Je les connais par cœur.

— Si ça se trouve, le mec se serait pointé avec une bite comme un tronc d'arbre et m'aurait démontée pendant des heures contre la porte du frigo…

— Mais tout ça, c'est encore du fantasme. La porte du frigo… ! Une bite comme un tronc d'arbre… ! Une *bite magnifique*, c'est ça que tu veux dire, Odile ?

— Une grosse bite souple, qui rebondit contre le ventre quand on appuie dessus, oui, c'est ça que je veux dire ! Avec la grosse veine au milieu qui palpite et les gouttes qui s'échappent déjà, parfaitement !

— La belle affaire. C'est moi qui ai fini par te baiser, et ça n'a pas si mal marché puisque après avoir joui tu m'as dit, je cite, *j'ai très envie de te sucer, maintenant.* Tu imagines bien que je n'oublierai jamais ce lapsus.

— Quand je pense que tu as cru toute ta vie que c'était moi, l'influence délétère.

— Quand je pense que tu as cru toute ta vie qu'il te fallait un autre amant que moi ! Réfléchis un peu. Tenir comme ça, mordicus, à ton rêve de bite, alors que j'ai toujours fait un boulot impeccable. L'homme idéal qui bande pour toi, dont l'érection ne faiblit jamais, qui peut te baiser jusqu'à ce que tu demandes pitié, c'est moi. Celui qui te raconte des histoires bandantes et te fait jouir deux fois de suite en te laissant t'échapper dans ta tête pour retrouver les personnages de tes fantasmes. Celui qui peut se permettre de te dire avec un air menaçant « Je vais te faire ta fête, Odile, je vais te réduire en miettes », et qui sera capable de livrer la marchandise, lui, puisque sa bite est partout sur les étagères de ta maison. J'ai mille bites, entre tes flopées de chandeliers et tes cantines bourrées de godes sous le lit. Et, ce qui ne gâche rien, je suis aussi l'homme qui t'emmène dîner ensuite, avec l'argent de l'à-valoir du livre écrit à ta gloire ! Vraiment, que demander de plus ? La barbe, le torse plein de poils, les grandes mains, le gros nez, la maladresse, l'impatience ? Je te laisse libre d'aller renifler ça sur eux toute la journée, si tel est ton bon plaisir, si c'est à ça que tu as envie de penser pendant que je te fais jouir tellement fort que tu m'arraches des poignées de cheveux.

— Et comme n'importe quel amant parfait, tu me laisses en vu pendant dix ans.

— D'accord, mais quand j'arrive, quel feu d'artifice !

Odile a un rire qui lui renverse la tête en arrière, ce qui évidemment fait remonter en moi des images de la veille, lorsqu'elle se tortillait sous les draps au bout de deux bougies, et au moment de jouir elle avait aboyé une pelletée d'insanités en renversant comme ça la tête en arrière, les tendons sortis, et c'était beau à voir, d'excitation je n'arrivais plus à remuer les jambes, j'avais à peine eu la force de me laisser glisser sur le côté, et quand Odile avait eu fini de jouir elle s'était remise d'un bond sur ses fesses (les bougies s'étaient élancées hors d'elle dans un bruit de xylophone) et c'est là qu'elle avait dit, avec ce ton de maîtresse épuisée, qui récompense et soulage par tendresse : « J'ai très envie de te sucer maintenant. »

Odile saisit l'épingle qui lui dépasse de la bouche, finit d'entortiller la lourde tresse qui pend le long de son cou. Son parfum redescend lentement dans l'air pesant de buée. Elle ressemble à nos mères lorsqu'elles se préparaient avant de sortir et qu'on sentait bien qu'aucun caprice, aucune quinte de toux de dernière minute ne pourraient les retenir – elles étaient déjà loin. Sauf que ce soir, c'est moi qui sors Odile et je peux quand même me permettre une suggestion de malotru :

— Tu ne voudrais pas détacher tes cheveux, Odile ?

Mais Odile attrape sa barrette en écaille, rabat sa longue mèche presque blanche sur le dessus du crâne – et une fois que tout est en place pivote la tête de droite à gauche, très lentement, charmée par son profil ravissant, ses lèvres pleines qu'orne un duvet blond, sa fossette de cannibale projette une ombre sur sa joue ronde. Ses yeux dans le miroir captent les miens :

— Pour quoi faire ? Il n'y a pas d'hommes, ce soir.

DANS LA MÊME COLLECTION

La chair est triste hélas, Ovidie

Composition et mise en pages
Nord Compo à Villeneuve-d'Ascq

Cet ouvrage est imprimé sur du papier
issu de forêts gérées durablement.

CET OUVRAGE
A ÉTÉ ACHEVÉ D'IMPRIMER
SUR ROTO PAGE
PAR L'IMPRIMERIE FLOCH
À MAYENNE EN MARS 2023

Dépôt légal : avril 2023
N° d'édition : 64576/01- N° d'impression : 102153
Imprimé en France